Miscellaneous Musings

博雅文丛

何处是归程

乐黛云 著

中央编译出版社
Central Compilation & Translation Press

图书在版编目(CIP)数据

何处是归程 / 乐黛云著 . —北京：中央编译出版社，2015.12
ISBN 978-7-5117-2804-3

Ⅰ. ①何… Ⅱ. ①乐… Ⅲ. ①随笔－作品集－中国－当代 Ⅳ. ①I267.1

中国版本图书馆 CIP 数据核字 (2015) 第 246984 号

何处是归程

出 版 人：刘明清
出版统筹：董　巍
特约编辑：韩继海
责任编辑：韩慧强　王媛媛
责任印制：尹　珺
出版发行：中央编译出版社
地　　址：北京西城区车公庄大街乙 5 号鸿儒大厦 B 座 (100044)
电　　话：(010) 52612345（总编室）　(010) 52612363（编辑室）
　　　　　(010) 52612316（发行部）　(010) 52612317（网络销售）
　　　　　(010) 52612346（馆配部）　(010) 66509618（读者服务部）
传　　真：(010) 66515838
经　　销：全国新华书店
印　　刷：山东鸿君杰文化发展有限公司
开　　本：880 毫米 × 1230 毫米　1/32
字　　数：153 千字
印　　张：8.25
版　　次：2015 年 12 月第 1 版第 1 次印刷
定　　价：38.00 元

网　　址：www.cctphome.com　邮　箱：cctp@cctphome.com
新浪微博：@ 中央编译出版社　微　信：中央编译出版社 (ID：cctphome)
淘宝店铺：中央编译出版社直销店 (http://shop108367160.taobao.com) (010) 52612349

本社常年法律顾问：北京嘉润律师事务所律师　李敬伟　问小牛
凡有印装质量问题，本社负责调换，电话：010-55626985

1952年北京大学毕业照

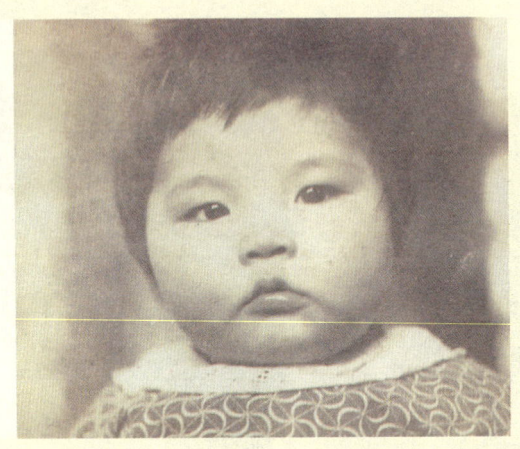

1932年，我一岁

1933年，母亲与我

1952年与汤一介先生结婚照

1951年土地改革,
第一排右起第三人为乐黛云,
第三排左起第九人为著名作家废名先生,
第四排右起第四人,正中央穿黑衣者为文化大革命中自杀的
　　中文系党总支书记

1976 年和我的老师王瑶教授在一起

主席台上右起第一位为《读书》杂志编辑吴彬，
第三位李赋宁教授，第四位王佐良教授，
第七位北京大学出版社副主编张文定先生

1985年与中国比较文学创始人之一季羡林教授在中国比较文学学会成立大会上

1993年与著名作家王蒙在法国大使馆招待会上

1987年第二届中美比较文学双边会议的部分代表,中立者为团长杨周翰教授、加州大学叶维廉教授(摄于洛杉矶)

我的第一部英文著作 *To the Storm* 的合作者卡洛琳·威克曼博士，右为密友薇娜·舒衡哲，1988年摄于波士顿

1989年，与日本著名汉学家丸山升教授（东京大学）和伊藤虎丸教授（东京女子大学）在一起，左立者为日本新起优秀汉学家尾崎文昭，右立者为北京大学中文系系主任费正刚教授

1991年在加拿大麦克玛斯特大学讲授"中国妇女与中国宗教"和"中国口头文学",图为与听课学生在一起

1991年在新德里与印度朋友在一起

1991年东京，左起天津师范大学王晓平教授、北京大学英语系王宇教授、《河殇》作者之一谢选骏先生、南京大学钱林森教授

1991年在希腊雅典召开的妇女研讨会上

1993年与意大利著名作家和理论家恩博托·艾柯在会上

1992年中国比较文学学会所属后现代研究会主办的研讨会

1992年北大主办海峡两岸诗学术语翻译研讨会,
第一排右起第二人为淡江大学纪秋郎教授,
第二排右起第二人为伦敦大学赵毅衡博士,第三人为李达三教授,
第三排左起第一人为香港中文大学黄维梁教授,第二人为台湾中山大学
　　苏其康教授

目 录

自 序　1

1　思想性格的萌生
父亲与童年　003
蓝色的天堂　006
困顿与转机　010
山城中学生活一瞥　015
沉浸在西方文化的海洋中　019

2　初出家门
北上求学　025
我赶上了旧北大最后一站　029
新旧之交　034

3　阶级斗争
爱国的行动　043
土改：第一次灵魂的搏斗　045

我突然成了"极右派"
——人民最凶恶的敌人　047
　　我不认罪　050
　　"史无前例"　053

4　重返北京大学

20世纪最了解中国的人　059
最看重全民思想的自由与自觉的声音　063
肯定信仰和宗教的必要性　066
　　要个人有自由选择之权　069
　　开辟了一个新的学术空间　074
　　鲁迅、尼采、茅盾　079
　　事实就是事实　084

5　大洋彼岸

　　哈佛印象　089
在美国，先看说明书　093
　　伯克莱的阳光　097
　　卡罗琳一家　101
我的第一本英文学术著作　105

知识分子是一个含混的概念　109

6　新的学术生涯

在自己的国家里自由走来走去　115
我只想潜心读书和教书　119
走向世界　123
接受与影响　127
阐发研究　134

7　我与文化热

中国文化书院：一个新的民间学术团体　153
现代意识　159
扩大比较文学视野：关于中国和欧洲
　的两场现实主义论战　162
关于主题和意象的探讨　170
中国文类学　175
文学与自然科学　182

8　料想不到的 1980 年代的终结

献给自由的精魂　191

现代保守主义的提出　197

9　1990年代：从文化热到国学热
　　后新时期：中国知识分子的剧变　207
　　"野蛮精悍"的新鲜血液　209
　　我的研究兴趣也转向了传统文化　214
　　关于中西诗学对话的思考　219
　　第一部《世界诗学大辞典》　228
　　文化转型与文化差异　230

　　　　结　语　237

自　序

　　法国著名思想家米歇尔·傅科曾经断言：个人总是被偶然的罗网困陷而别无逃路，没有任何"存在"可以置身于这个罗网之外。我的学术生涯充满了种种偶然。如今细细想来，偶然既已形成罗网，甚且无可逃脱，那么，这些偶然大概总也体现着某种必然吧；虽然我对必然二字深怀戒心，一辈子被"认识必然就是自由"这句名言害得好苦！因为，谁都可以宣称自己的意志就是必然，权力是必然，首长指示是必然，领导意图也是必然。只有顺从这些必然，才会得到自由。这个道理我是在后来吃了很多苦头之后才悟出的。应当申明我这里所说的必然仅指那种似有似无，好像在冥冥之中，将各种偶然联成一气的点点线线。如果把某种主体意识通过自身经验，建构而成的文本也看作一种历史，那么，这些点点线线倒说不定可以颠覆某些伟大构架，在一瞬间猛然展现了历史的面目，而让人们于遗忘的断层中得见真实。

　　我以自己的生命在混沌的时空中将各种点点线线莫名其妙地连成一片，造就了我的历史，这历史属于我自己。我就是我！

1　思想性格的萌生

父母常以《浮生六记》的作者
和女主人公——芸自况,
《闲情记趣》一章也就成了我的启蒙读物。
那时候,生活真好像
就是一首美丽恬静的牧歌。

父亲与童年

父亲是二十年代北京大学英文系的旁听生。他曾接受过胡适的面试，胡适嫌他口语不好，他一气之下，就在北大西斋附近租了一间公寓，当了三年自由学生。他告诉我当年他只听陈西滢和温源宁的课，虽然对面鲁迅的讲堂人山人海，他也从不过问。

他不缺钱。祖父是贵阳山城颇有名气的富绅兼文化人，写得一手好字，收了好些学生。据说他痛恨自己的先人曾是贩卖鸦片发家的巨贾，立志改换门庭，将四个儿子送到北京。一个是清华大学首批留美学生，学化学；一个送到德国，学地质；还有一个学医；只有父亲学文而颇有游手好闲之嫌。但父亲并不是一个纨绔之人。记得 1976 年他和我曾到天安门左侧文化宫，去向周恩来总理遗体告别，他一再和我谈起 1924 年，他到天安门右侧中山公园悼念孙中山，并步行送孙总理遗体上碧云寺的情景。他对两位总理都深怀敬意，曾对相隔五十余年的东侧、西侧两次悼念，不胜唏嘘。但他却始终讨厌政治，只喜欢读济慈、华兹华斯的诗。

1927 年，他"学成"还乡。同学中有人劝他去南京，有人劝他去武汉，他都不听，一心要回家乡，建立小家庭，享人间温暖，尽山林之乐。据他说，途经九江，曾遇一位革命党人，好意劝他参加革命，不想他游庐山归来，这位革命党人已经被抓进监狱，这更使他感到政治斗争的残酷，而更坚定了"躲进小楼成一统，管他南北与西东"的决心。

回到贵阳，我父亲很风光了一阵。他穿洋装，教洋文，手提文明棍；拉提琴，办舞会，还在报上骂军阀，都是开风气之先。他又喜欢和教堂的神父、牧师交往，换换邮票、看看杂志之类。文化大革命期间，他为此吃了很大苦头，说他是什么英国特务的高级联络员等等，经过多次"触及灵魂的批斗"，后来也就不了了之。父亲当年回乡最得意之事就是娶了比他年轻十多岁的我母亲，当年女子师范艺术系的校花，从此筑成了他多少年来朝夕梦想的温馨小家。

我就是在这样一个家庭中长大。父母都是新派人，又有钱无处花，所以四岁就送我进天主堂，跟一位意大利修女学钢琴。一星期三次，我每次都被天主堂那只大黑狗吓得魂飞魄散，对钢琴则毫无感觉。我在这个名叫善道小学的教会学校念到三年级，留下了天主堂圣诞节、复活节的辉煌记忆。最有意思的是每个礼拜的望弥撒，我还能清楚记得那每次必念的经。当时这些经对我来说，只是一串音符，现在想来，大概是如此："申尔福，玛利亚，满被圣宠者，主与尔贤焉。女中尔为赞美，尔胎子耶稣，并为赞美。天主圣母马利亚，为我等罪人，敬谢天主及我等死后人。阿门。"这一段经，当时学校上下人人会念。最近读关于第一批耶稣会士利玛窦的书，才恍然大悟，原来，利玛窦为了迎合中国文化讲求仁义，崇拜祖先，尊重母亲的特点，尽量少宣传耶稣钉死在十字架上的残酷形象，而多宣传圣母，以致乡民认为主宰天主教的是一位女性；而且在敬谢天主之后，还要敬谢"死后人"之类，大概都是外来文化首先迁就本土文化（崇拜祖先）的痕迹。

对天主堂的其他记忆就只还有一次为一名德高望重的老神父送葬。那次，我走在最前面，手捧一大把非常美丽的鲜花。另外，就是许许多多漂亮的十字架和念珠，和每回圣诞节必得的一只透明玻璃小靴子，里面装满了五颜六色的糖果，有时还会有一个小小的刻着圣母像的精致圣牌。

卢沟桥事变那年，我刚六岁，贵阳这座山城陡然热闹起来，市街摆满了地摊，出售逃难来的下江人的各式衣服杂物；油炸豆腐、江苏香干、糖炒栗子、五香牛肉的叫卖声此起彼伏。一到傍晚，人群熙熙攘攘，电石灯跳动着小小的蓝火苗，发出难闻的臭味。我却欢喜和母亲一起在闹市中穿行，一边吃个不停。可惜好景不长，大约是1939年末，下达了学校疏散的命令，父亲所在的贵阳一中奉命迁到离市区十余里的农村——乌当。先是在一个大庙里上课，后来又修建了一些简陋的草房；教员则挤在租来的民房里。父亲仍不改他的浪漫，别出心裁地租了一座农民储粮的仓库，独门独户，背靠小山，面向一片开阔的打谷场。

蓝色的天堂

我们一家四口（还有两岁的弟弟）就在这个谷仓里住了三年。尽管外面兵荒马乱，我们还可以沉浸在父亲所极力营造的一片温情之中。例如我们常常去那座小山顶上野餐，欣赏夕阳。这种时候，我和弟弟在草地上打滚，摘野花，有时也摘一种野生的红荚黑豆和大把的蒲草，母亲会将它们编成一把笤帚扫床。母亲还教我们用棕榈叶和青藤编织小篮儿，装上黄色的蒲公英花和蓝色的铃铛花，非常美丽。这时候，父亲常常独自引吭高歌，他最爱唱的就是那首英文歌《蓝色的天堂》——"Just Mary and me, and baby make three, that is my blue heaven！"有时我们也一起唱"家，家，甜蜜的家！虽然没有好花园，春兰秋桂常飘香，虽然没有大厅堂，冬天温暖夏天凉……"父亲有时还唱一些古古怪怪的曲子，我至今还清楚地记得其中一首歌词是这样："我们永远相爱，天老地荒也不分开，我们坚固的情爱，海枯石烂也不毁坏；你看那草儿青青，你看那月儿明明，那便是我们俩纯洁的、真的爱情。"我至今不知此是中国歌还是西洋歌，是流行歌还是他自己创作的歌曲。

中学教师的薪水不多，但我们有城里房子的租金补贴，乡下生活过得不错，常常可以吃到新鲜蔬菜和鲜猪肉。每逢到三里外的小镇去买菜赶集，就是我最喜欢的节日。琳琅满目挂在苗族和种家人项链上的小铃铛、小饰物，鲜艳夺目的苗族花边和绣品，还有那些十分漂亮、刻着古怪图案、又宽又薄的苗族银戒指，更总是令人生出许多离奇的梦幻。唯一令人遗憾的，是没有好点心可吃。母亲于是用洋油桶作了一个简易烤箱，按书上的配方做蛋糕和饼干。开始时，蛋糕发绿，饼干一股涩味，后来一切正常，由于加了更多的作料，比城里点心店买的还要好吃。父母常以《浮生六记》的作者和女主人公——芸自况，《闲情记趣》一章也就成了我的启蒙读物。那时候，生活真好像就是一首美丽恬静的牧歌。然而，经过多年之后，回想起来，倒也不尽然。

我们住家附近没有小学，父母就自己教我念书。父亲教英语、算术，母亲教语文和写字。母亲嫌当时的小学课本过于枯燥无味，就挑了一些浅显的文言文和好懂的散曲教我阅读和背诵。我现在还能背全篇归有光的《祭妹文》和一篇至今未能找到出处的短文。这篇短文按我的记忆大致如下："闻门外有卖花声，呼之入视之则一女子，年可十六七，因询其家状，女曰：吾父凤经商，不幸，病目失明。余因自念，在家坐食，徒为亲累，殊非计之得，遂请于父母，以卖花为业，于此获微利，借谋自立之道焉。已而顾日影曰：'日将终，吾将趋归，为吾父作饭。'"后来，我曾遍寻各种典籍，却始终找不到这篇短文的出处。我有点怀疑这是不是母亲自己编的。母亲十岁丧母，外祖父是贵州大法官，三个女儿中，最爱我母亲。他为了照顾孩子，娶了一房继室。谁知孩子们的生活由此更为难过，外祖父不久即抑郁而死，那时母亲仅十五岁。母亲是一个非常要强的人，她一方面支持比她大三岁的姐姐到北京求学；另一方面，带着比她小五岁的妹妹在别人的欺凌中苦苦挣扎。据我后来的观察，她与父亲的结合多少有一些"不得不如此"的苦衷。她内心深处总以靠父亲生活而不能自立为耻。对于父亲的种种罗曼蒂克，她也不过勉强紧跟而已。从我很小的时候起，她总时时刻刻教我自立自强，并让我懂得依靠别人是非常痛苦的事。母亲很少教我背诗，却教我许多易懂的散曲，内容则多半是悲叹人生短暂，世事无常。那首"碧云天，黄叶地，西风紧，北雁南飞。晓来谁染霜林醉，总是离人泪"，母亲最喜欢，还亲自谱成曲，教我唱。我至今会背的，还有"晓来青镜添白雪，上床和鞋履相别。人生有限杯，几个登高节！嘱咐咱顽童记者，便北海探吾来，道东篱醉了也"等等。从后来的许多事实看来，这些选择都体现出母亲内心深处的一些隐痛。

其实，所谓牧歌云云，也不过是自己给自己营造的一种假象。当时，抗日运动正在高涨，贵阳一中也来了许多下江学生和先生。他们教大家唱抗日歌曲，诸如"大刀向鬼子们的头上砍去""工农兵学商，一起来救亡"之类，我都是当时学会的。我印象特别深的是有一位美术老师，我至今还记得他的名字叫吴夔。我所以记得这个名字是因为夔字太难写,母亲教我写了很多遍。他教学生用当地出产的白黏土做各种小巧的坛坛罐罐,然后用一个铜钱在上面来回蹭,白黏土上就染上一层淡淡的美丽的绿色。他又教学生用木头雕刻简单的版画,刻的大都是肌肉隆起的臂膀,和喊叫的张开的大嘴。版画上都刻着抗日的大字标语。学生们都很喜欢他,特别是我的小姨,母亲唯一的妹妹,当时也是贵阳一中的学生。父母在乡间很少招待客人,这位吴先生却是例外,记得他来过好几次,和父母谈得很高兴。于是,来到了大清洗的那一天。在一个漆黑的夜晚,吴先生和两个学生被抓走了,警车呼啸着,穿过我们窗前的小路。不久,传来消息,说吴先生一抓到城里就被枪毙了,他是共产党员!接着又有一些学生失踪。母亲把小姨囚禁在家,也不让她上学,她大哭大闹也没用。就在这个夏天,父亲被解聘,失了业。那是1941年,我十岁。

困顿与转机

我们一家凄凄凉凉地回到了贵阳。原来的房子已租给别人，我们无处可去，只好挤进老公馆。所谓老公馆，就是祖父去世前与他的五房儿子共居的处所。老屋很大，共有六进，从一条街进去，打从另一条街出来。祖父死后，五兄弟分家，有的分了田产，有的分了商号，父亲分了整个后花园，当医生的伯父分了大部分老宅，但其中有一进留作祭祀之用，由祖父的姨太太管理。她住在楼上，楼下是堂屋，供着祖父母的画像和神主牌，每天黄昏，由楼上的姨奶烧香、敲磬。堂屋旁边还有一间空屋，我们一家四口就搬了进去。和原来的大花园相比，自然是天上地下。

父亲失业，坐吃山空。更不幸的是当时政府决定修一条大马路，据说原来的计划并非像后来那样，就是因为父亲坚决拒绝行贿，一条大路硬是从我们的花园中央蛮横地穿了过去。花园中的这个厅、那个楼，当然也全都拆得七零八落。父亲为了在马路两旁勉强修成两座小楼，耗尽了全部资财，自己也累得精疲力竭，房子仍然未能盖成，只好把修了一半的房子让给别人，修建费抵作二十年租金。这就是说，二十年内，父亲不可能再从房子得到任何收益。

我们真是过了一段非常穷困的日子。我常陪母亲到贵阳专门收购破烂到金沙坡去卖东西。几乎所有能卖的东西都卖光了。记得有一次，母亲把父亲过去照相用作底片的玻璃洗得干干净净，一扎扎捆得整整齐齐，装了一篮子，拿到金沙坡，人家不愿买，说了很多好话才卖了五毛钱。母亲和我真是一路滴着眼泪回家。更难堪的是，当时已是贵阳名医的伯父，事业非常发达。他的私人医院占据了大部分老宅，而且修缮一新。许多权贵都来和他结交。就在同一院内，他们家天天灯火辉煌，宾客盈门。我的六个堂兄弟都穿着时髦，请有家庭教师每天补习功课。我和他们常一起在院子里玩，每到下午三点，就是他们的母亲给他们分发糖果点心的时候。这时，母亲总是紧关房门，把我和弟弟死死地关在屋里。在这一段时间里，父亲很颓丧，母亲和我却更坚定了奋发图强，将来出人头地的决心。

生活的转机有时来得好奇怪！父亲偶然碰到了一个北京大学的老同学，他正在为刚成立不久的贵州大学招兵买马，一谈之下，父亲当即被聘为贵州大学英文系讲师，事情就是那么简单！我们一家高高兴兴地搬到了贵州大学所在地花溪。说起花溪，也真是有缘分。这是一个非常、非常美丽的小镇，一湾翠色的清溪在碧绿的田野间缓缓流淌，四周青山环绕，处处绿树丛生，离贵阳市中心四十多里地，但多少年来，这块宝地却不为人知。

大约还在抗日战争爆发三四年前，喜爱爬山越野的父亲就发现了这一片世外桃源。那时这里还只是一片不为人知的、只是种家人聚居的荒山僻野。如果你不能步行四十里，你就绝无可能亲自领略这一派人间仙境。父亲一心向往西方生活方式，也想在城外拥有一间幽静的别墅。他花了很少一点钱在花溪（当时的名称是花格佬）买了一小片地，就地取材，依山傍水，用青石和松木在高高的石基上修建了一座长三间的房子，前面有宽宽的阳台，两边有小小的耳房，走下七层台阶，是一片宽阔的草地，周围镶着石板小路，路和草地之间，是一圈色彩鲜艳的蝴蝶花和落地梅。跨过草地，是一道矮矮的石墙，墙外是一片菜地，然后是篱笆。篱笆外便是那条清澈的小溪了，它是大花溪河的一道小小的支流。草地的左边是一座未开发的、荒草与石头交错的小山。最好玩的是在篱笆与小山接界之处，却是一间木结构的小小的厕所，厕所前面有一块光滑洁净的大白石。后来，我常常坐在这块大白石上，用上厕所作掩护，读父母不愿意我读的《江湖奇侠传》和张恨水的言情小说。草地的右侧则是一间厨房和一间储藏室，父亲雇来看房子和种花草的一个孤单老人就住在这里。听说他也不是本地人，而是一个四处流浪、无家可归的老兵。几年后，这位孤独的老人一病不起，父亲一怕传染，二不愿有人死在自己的家里，就在墙外搭了一个草棚，将老人搬进去。我每天给他送水送饭送药，心里总感到很难过、很不忍，觉得我和父亲一起做了亏心的事。这是我第一次朦胧体验到人间的不平，此是后话。当年，这位老兵可真把房子、菜地、花园全都收拾得一无瑕疵，可惜路途遥远，交通不便，实际上，抗战前我和母亲只去过一次，是乘轿子去的。那次，新居落成，父亲大宴宾客，游山玩水，唱歌跳舞，又是听音乐，又是野餐，很是热闹了好几天。平时，父亲倒是常去的，他喜欢步行，认为那是一种很好的锻炼。

这次回返花溪的机缘简直使父亲欣喜若狂。虽然他的别墅离贵州大学足有十里之遥，他也宁可每天步行上课，而不愿住进大学的教师宿舍。后来他为此几乎付出了生命作为代价。他和母亲在这里一住就是三十年，五十年代，当我们兄弟姊妹都在北京念书或工作时，他忽然得了脑血栓，人事不知，昏迷不醒。那幢别墅修建在种家人聚居的一座小山的半山腰，离镇上的小医院还有十多里路，既没有车，也没有电话，一时间更叫不来帮手。母亲怎么把父亲弄到医院，父亲又怎么能全无后遗症地恢复了健康，对我们来说，始终是不可思议！

我快乐地在花溪度过了我的初中时代。母亲因为在我就读的贵阳女中找到了一份教书的工作，心情比过去好多了。她担任的课程是美术和劳作。她教我们用白黏土作小器皿，并用铜板磨上淡淡的绿色。我知道这是为了纪念那位被枪杀的年轻美术教师吴夔。母亲还教我们用粗毛线在麻布上绣十字花，她也教我们铅笔画、水彩画、写生和素描。总之，她的教法是相当新潮的。她非常爱艺术，也爱她的学生。据说她和父亲结婚的条件就是婚后送她到上海读书学画，但是由于过早地怀上了我，一切计划都不得不付诸东流！后来母亲和父亲吵架时，总是恨恨地骂他毁了她的一生。其实父亲也并非不感到内疚,在我两三岁时,父亲曾带着我和母亲去到杭州,让母亲在那里上了著名的杭州艺专。但是不到半年,由于我不知道的什么原因,我们一家又回到了贵阳。

总之,我们在花溪的生活又恢复到过去的情调:在小溪边野餐,看日落,爬山,做点心,赶集,只是这里的集市要比乌当大得多了,父亲又开始快乐地唱他那些永远唱不完的老歌。

山城中学生活一瞥

我在贵阳女中念完了三年初中。这个刚从城里迁来的学校集中了一批相当优秀的师资。我最喜欢的一门课是国文。老师是刚从北方逃难南来的一位下江人。我还清楚地记得她的名字叫朱桐仙。她也不愿住在学校附近,却在我们家那座小山上,比我们家更高一些的地方,租了两间农民的房子。她单身一人,家中却很热闹,常有许多年轻的来访者。母亲不大喜欢她,常在背后指责她走起路来,扭得太厉害,故意卖弄风情。

朱老师很少照本宣科,总是在教完应学的单词和造句之后,就给我们讲小说,

一本《德伯家的苔丝》,讲了整整一学期。那时我们就知道她的丈夫是一个著名的翻译家,当时还在上海,《德伯家的苔丝》正是他的最新译作。朱老师讲故事时,每次都要强调这部新译比旧译的《黛丝姑娘》如何如何高超,虽然她明知我们根本听不懂。在三年国文课上,我们听了《无名的裘德》《还乡》《三剑客》《简·爱》等。这些美丽的故事深深吸引了我,几乎每天我都等待以至渴望着上国文课。初中三年,我们每学期都有国文比

赛，每次我都是尽心竭力，往往几夜睡不好觉，总想得到老师的青睐，然而，不管我如何奋斗，我从来就只是第二、三名，第一名永远属于老师的宠儿——下江人葛美，她穿着入时，皮肤白皙，两只大眼睛清澈明亮。我对她只觉高不可攀，似乎连忌妒都不配。她也一向只和下江人说话，从来不理我们这些乡巴佬。

我们的国文课越上越红火了。大约在二年级时，朱老师在我们班组织了学生剧团，第一次上演的节目就是大型话剧《雷雨》。我连做梦都想扮演四凤或繁漪，然而老师却派定我去演鲁大海。我觉得鲁大海乏味极了，心里老在想着繁漪和大少爷闹鬼，以及二少爷对四凤讲的那些美丽的台词。由于演出相当成功，朱老师甚至决定自己来创作一出歌剧。她在课堂上大讲中国京剧如何落后，意大利歌剧如何高超。她终于和一位姓李的贵州农学院的讲师合作，写出了中国"第一部可以称为歌剧的歌剧"。在他们合作的过程中，李先生几乎每天都来朱老师家，他俩为艺术献身的精神着实令人钦佩。李先生会拉手风琴、会弹钢琴，朱老师则构思情节并写歌词。他们常常工作到深夜，于是，人们开始窃窃私语。每逢李老师过我家门口，母亲总是对父亲悄然一笑。有一次母亲还一直熬到深夜，就为看看李先生究竟回家没有，我也使劲撑着眼皮，但却很快就睡着了，到底不知结果如何。

不管怎样，歌剧终于完成，并开始了大张旗鼓的排练。朱老师要求全班都学会唱所有的歌，我们大家每天都得练到天黑才回家，而这些歌也都深深刻进了我们童年的记忆。记得帷幕拉开，就是伯爵登场，他轻快地唱道："时近黄昏，晚风阵阵，百鸟快归林。荷枪实弹，悄悄静静，沿着山径慢慢行……"他随即开枪，向飞鸟射击。一只受伤的小鸟恰好落在树林深处伯爵夫人的怀里，她于是唱起了凄凉的挽歌："鸽子呀，你栖在幽静的山林，你整天在天空飞翔，从东到西，从南到北，没有一些儿阻挡；鸽子呀，你哪知凭空遭祸殃，可怜你竟和我一样，全身颤栗，遍体鳞伤，失去自由无力反抗……"正在此时，一位流浪诗人恰好走来，他唱着："异国里飘零，流亡线上辛酸，这生活的滋味像烙印般刻在我心上。每日里，痛苦鞭打着我，我饱受人间的冷眼讽言。我只能忍气吞声，我只能到处飘零。如今，我不知向何处寻求寄托，何处飘零！？"当然，两个不幸的人立刻同病相怜，随即坠入情网。后来，当然是伯爵一枪将诗人打死，伯爵夫人也就自杀身亡。

当时，这出"千古悲剧"真使我们心醉神迷！虽然所有角色照例都属于漂亮入时的下江人，但我们对于分配给我们的职务却是十分尽职尽责。记得我当时负责管道具，为了打扮那位伯爵夫人，把我母亲结婚时用的银色高跟鞋和胸罩（当时一般女人不用胸罩）都背着母亲翻出来了。演出当然又是非常成功。露天舞台设在一片土台上，后面是一片幽深的松林，当年轻美丽的伯爵夫人穿着一身白纱裙（蚊帐缝的），头上戴着花冠从松林深处幽幽地走向前台时，大家都不由自主地屏住了呼吸。

我就是这样爱上了文学，爱上了戏剧。

母亲把她的全部希望寄托在我身上，总想让我来实现她未能实现的梦想。初中一毕业，她就让我考上贵州唯一的国立中学——第十四中。这里的同学大半是大官和有钱人的子弟，下江人居多，师资水平相当高，不少是原来的大学教师或报刊文人。在当时，学校方面对学生有一套严格管理办法，每一班级都有一个级主任，这一班级就以他的名字命名。我们的泽寰级以数学好著称。我后来考大学往往拿高分，就得益于赵泽寰老师教我的数学。学校每天都有升旗仪式，唱国歌、国旗歌，然后校长训话。晚上有晚点名，点名前唱的歌是劳动歌："神圣劳动，小工人爱作工；神圣劳动，小农民爱耕种……为什么读书，为什么读书，为辅助劳动。"点名后唱的歌是学校老师自编自谱的《马鞍山颂歌》，我至今清楚记得歌词是这样："马鞍山，马鞍山，是我们成长的园地，是我们茁长的摇篮。山上飘洒着园丁的汗雨，山下流露着慈母的笑颜。上山！上山！往上看，向前赶！永恒的光，永远的爱。永远地守住我们的园地，永远地守住我们的摇篮！"每个星期一都要举行纪念周，在这种全校的周会上，常常有大小官吏来训话。总之，国立十四中有自己独特的传统和校风，尊师爱校，严格训练和管理，重视劳动，每个班级都有自己的自留地，学生都为自己的学校而自豪。

沉浸在西方文化的海洋中

可惜我在十四中的时间并不长，高二那年，抗日战争胜利，十四中迁回南京，重新复原为中央大学附属中学，我则仍然留在贵阳。高中三年印象最深的就是美国。我最讨厌那些嚼着口香糖，伸出大拇指叫"顶好"，开着吉普车横冲直撞的美国兵。我每个周末回花溪，有时坐马车，有时走路，总会碰上那些载着花枝招展的时髦姑娘的美国吉普。车上的美国兵常常冲着我喊："漂亮姑娘，要不要搭车？"我就觉得受了莫大的侮辱。有一次，我和堂姊在碧绿的溪水里游泳后，正穿着游泳衣坐在桥头晒太阳，来了一群醉醺醺的美国兵，他们先是说说笑笑，后来就动手动脚，竟将堂姊推落水中。堂哥一见大怒，用相当流利的英语和他争吵起来。堂哥当时是空军机械师，刚从美国受训一年归来。美国兵一看堂哥能开洋腔，顿时有些气馁，终于被迫道了歉。后来"沈崇事件"，美国兵强奸了北京大学的女学生，凶手竟被引渡回国，无罪开释，掀起了全国学生运动的轩然大波。我自己更是觉得对美国兵恨之入骨。我的这位堂哥后来加入了地下共产党，解放前夕被抓进监狱，国民党撤退时英勇就义，成为贵州有名的烈士。我想他所感到的民族的屈辱一定是他参加革命的重要动因。

然而，奇怪的是另一方面我又被美国文化所深深地吸引。那些美国的"文艺哀情巨片"简直使我如痴如醉。泰隆鲍华、罗勃泰勒扮演的银幕上的美国兵竟然成了我的英雄。我宁可摸黑走路回家，也要在星期六下午赶两三场美国电影。我们学校附近就有美国兵的驻地，我和同学们都喜欢黄昏散步时在那边徘徊。堆成小山的咖啡渣发出诱人的香味，偶尔会拾到一两张美丽而光泽的糖纸。特别吸引我们的是沿街销售美国剩余物资的小地摊，从黄油、奶粉、口香糖、信封、白纸，直到简装本的古典小说和侦探故事都有。这种简装本64开、软封皮、不厚不薄，在车上、床上，特别是上课时偷着看都方便。霍桑、海明威、辛克莱、史坦贝克，我都是通过这些简装缩写本读到的。当时，傅东华翻译的美国小说《飘》刚刚出版，真称得上风靡一时。同学们都在谈论书中的人物，我和母亲也时常为此发生争论。我当然是有文化、有理想、有教养的文弱书生卫希礼的崇拜者，母亲的英雄却是那位看透了上流社会，能挣会赚的投机商人白瑞德。

应该说，整个高中时代，我都是沉浸在西方文化的海洋中。每个星期六一定参加唱片音乐会，听著名的音乐史家萧家驹先生介绍古典西洋音乐，然后系统地欣赏从巴赫、贝多芬、舒伯特、德沃夏克、柴可夫斯基到德彪西、肖斯塔科维奇的乐曲。我当时对萧先生特别崇拜，他的言谈举止对我都十分有吸引力。后来听说他和我堂哥一起被关进了国民党监牢。肃反时又听说他被共产党监禁，原因只是他既然没有被国民党枪杀，那就肯定是叛徒。关了好几年，出狱不久就与世长辞。那时，每个星期天晚上，我一定参加圣公会的英文礼拜，听上海圣约翰大学神学院毕业的汤牧师用英文布道。起先只是想练练英语听力，后来是真正对基督教的一套仪式发生了兴趣。特别是那些非常动人的赞美诗，似乎真沟通了一种超自然力量和人的灵魂。我不但参加作礼拜，而且也参加了查经班、唱诗班，并认识了年轻的女牧师密斯宾。这是我认识的第一个美国人。我们一起用英文读圣经，唱赞美诗，我最爱听她讲圣经故事和人生哲理。她的广博知识、平等待人，特别是她的献身精神都使我深深地感动，并看到了另一种人生。

在这一时期，我的业余时间几乎全部用来看外国小说，中文的、英文的，D.H.劳伦斯的《查泰莱夫人的情人》，安德烈·纪德的《伪币制造者》，陀思妥耶夫斯基的《卡拉马佐夫兄弟》……真是无所不看！我也喜欢写散文、念古诗，国文课上，总是得到老师最热心的夸奖。我就是这样无可挽回地走上了我的文学之路。

2 初出家门

当时,我认为矛盾斗争、普遍联系、
质量互变、否定之否定、
经济基础决定上层建筑等等都是绝对真理,
并很以自己会用这些莫测高深的词句
而傲视他人。

北上求学

我在国立第十四中的许多朋友,抗战胜利后,都纷纷回到下江,有的在北京,有的在南京,有的在上海。高中三年级时,我已下定决心,一定要离开这群山封闭的高原之城。我一个人搭便车到重庆参加了高考。这是一辆运货的大卡车,我坐在许多木箱之间颠簸,穿行在云雾和峭壁之间。久已闻名的什么七十二拐,吊尸岩等名目吓得我一路心惊胆颤!好不容易来到了重庆沙坪坝原中央大学旧址,西南地区的考场就设在这里。大学生们早已放假回家。我们白天顶着三十八点九度的高温考试,晚上躺在空荡荡的宿舍里喂早已饿扁了的臭虫。那时是各大学分别招生,我用了二十天参加了三所大学的入学考试。回贵阳后,得知我的中学已决定保送我免试进入北京师范大学,不久,北京大学、中央大学、中央政治大学的录取通知也陆续寄到。我当然是欢天喜地,家里却掀起了一场风波!父亲坚决反对我北上,理由是北京眼看就要被共产党围城,兵荒马乱,一个十七岁的女孩子出去乱闯,无异于跳进火坑!他坚持我必须待在家里,要上学就上家门口的贵州大学。经过多次争吵、恳求,直到以死相威胁,父亲终于同意我离开山城，但只能到南京去上中央大学。他认为共产党顶多能占领长江以北，中国的局面最多就是南北分治，在南京可以召之即回。我的意愿却是立即奔赴北京。母亲支持了我，我想这一方面在于她的个性使她愿意支持我出去独闯天下；另一方面，她也希望我能在北方找回她失踪多年的姐姐。二十年前，她曾卖尽家产，供姐姐北上念书，当时有约，五年后，姐姐工作，再援引两个妹妹出去念书。谁知一去二十年，音信杳无，也不知是死是活！我们对父亲只说是去南京，母亲却另给了我十个银元，默许我到武汉后改道北京。

我当时只是一心一意要北上参加革命。其实，我并不知革命为何物，我只是痛恨那些官府衙门。记得我还是一个初中学生时，父亲就让我每年去官府替他交房捐地税。因为他自己最怕做这件事。我当时什么都不懂，常常迷失在那些数不清的办公桌和根本弄不懂的复杂程序中，被那些高高在上的官儿们呼来喝去，以至失魂落魄。父亲还常安慰我，说就像去动物园，狮子老虎对你乱吼，你总不能也报之以乱吼吧！对于每年必行的这种"逛动物园"，我真是又怕又恨，从小对官僚深恶痛绝。加之，抗战胜利后，我的一个表哥从西南联大回来，带来他的一帮同学，他们对我们一群中学生非常有吸引力。我们听他们讲闻一多如何痛斥反动政权，如何与李公朴一起被暗杀，哀悼的场面是如何悲壮，学生运动如何红火。我们听得目瞪口呆，只觉得自己过去原来不是个白痴也是个傻瓜！简直是白活了。其实，现在想来，他们也难免有夸张之处，例如我的表哥说他曾扛着一只被炸断的人腿，到处跑着去找寻腿的主人！这显然不太可能，但当时我们却都深信不疑，并坚定地认为，国民党统治暗无天日，不打垮国民党，是无天理，而投奔共产党闹革命，则是多么正义，多么英勇！又浪漫，又新奇，又神秘。

当时贵阳尚无铁路，必须到柳州才能坐上火车。我一个人，提了一只小皮箱上路，第一天就住在"世界第一大厕所"金城江。抗战时期由于经过这里逃难的人太多，又根本没有厕所，人人随地大小便，到处臭气熏天。战后两年，情况也并无好转。我找了一家便宜旅馆，最深的印象是斑斑点点、又脏又黑的蚊帐和发臭的枕头，以及左隔壁男人们赌钱的呼幺喝六和右隔壁男人们震耳欲聋的鼾声。我心里倒也坦然，好像也没有想到害怕，只是一心梦想着我所向往的光明。

我终于来到武汉，找到北京大学北上学生接待站。领队是武汉大学物理系一年级学生，他也是为了革命，自愿转到北大历史系一年级，再作新生。我们从武汉坐江船到上海，转乘海船到天津。一路上，领队教我们大唱解放区歌曲。当然不是大家一起学，而是通过个别传授的方式。也许由于我学歌比较快，他总是喜欢先教我，我们再分别去教别人。三天内，他会唱的几首歌，大家也都会唱了。最爱唱的当然是"山那边呀好地方，一片稻麦黄又黄……年年不会闹饥荒"，以及"你是灯塔，照亮着黎明前的海洋……"等等。当北大学生打着大旗，到前门车站来接我们时，我们竟在大卡车上，高唱起这些在内地绝对违禁的歌曲来！我激动极了，眼看着古老的城楼，红墙碧瓦，唱着有可能被抓去杀头的禁歌，真觉得是来到了一个在梦中见过多次的自由的城！站在我身边的领队也激动得热泪盈眶，他雄厚而高亢的歌声飘散在古城的上空。谁能想到这样一个忠诚而又充满激情的革命者，地下共产党员，在文化大革命中会死得那么惨！当时，他已是北大中文系的党领导，当然的"走资派"，还加上历史反革命（他曾经很自豪地对很多人说过，为了打日本，他曾参加过国民党组织的青年远征军，横渡过缅甸的伊洛瓦底江）。红卫兵召开了八百多人的大会批斗他，让他站在主席台一张很窄的条凳上，我亲眼看到他额上不断渗出黄豆大的汗滴。会后，红卫兵又让他自己打着锣，戴着高帽子，嘴里念着"我是走资派，我是牛鬼蛇神，我是人民的敌人！"在校园游街。他脸色苍白，全身被泼满墨汁，又刷上浆糊，贴着拖泥带水的大字报，他显然早已力不能支，只好由两个红卫兵架着，后面一个红卫兵不断用脚踢。第二天，他一手拿着一瓶美酒，一手拿着一瓶毒药，独自走向西郊香山的丛林深处。他的尸体很久后才被发现，在那样酷热的夏天，早已是不可收拾。当时大家都忙着与"反革命"划清界限，谁也不敢出头帮忙，他的妻子怎样把他的尸体运出深山，送进火葬场，只有天明白，她自己明白！

我赶上了旧北大最后一站

虽然，我的大学生活，精确说来，只有五个月，但这却是我一生中少有的一段美好时光。我投考所有大学，报的都是英文系，可是，鬼使神差，北京大学却把我录取在中文系。据说是因为沈从文先生颇喜欢我那篇入学考试的作文。谁知道这一好意竟给我带来了二十年噩运，此是后话。

全国最高学府浓厚的学术气氛，老师们博学高雅的非凡气度深深吸引着我。我们大学一年级课程有：沈从文先生的大一国文（兼写作）；废名先生的现代作品分析；唐兰先生的说文解字；齐良骥先生的西洋哲学概论；还有一门化学实验和大一英文。大学的教学和中学完全不同，我真是非常喜欢听这些课。我总是十分认真地读参考书和完成作业，特别喜欢步行半小时，到沙滩总校大实验室去做化学实验。可惜1949年1月以后，学校就再也不曾像这样正式上课了。现在回想起来，说不定正是这五个月时光注定了我一辈子喜欢学校生活，热爱现代文学，崇尚学术生涯。

当时，北大文法学院一年级学生都集中在国会街四院。院址就是北洋军阀曹锟的官邸。官邸紧靠城墙根，范围极大，能容纳二百余人学习和生活。大礼堂，正是当年曹锟贿选的地方。我们白天正规上课，晚上参加各种革命活动。我参加了一个学生自己组织的，以读艾思奇的《大众哲学》为中心的读书会。我的最基本的马克思主义观念就是在这里获得的。当时，我认为矛盾斗争、普遍联系、质量互变、否定之否定、经济基础决定上层建筑等等都是绝对真理，并很以自己会用这些莫测高深的词句而傲视他人。读书会每周聚会两次，大家都非常严肃认真地进行准备和讨论。我还参加了两周一次的俄语夜校，由一个不知道是哪儿来的白俄授课。后来，在那些只能学俄语，不能学英语的日子，当大家都被俄语的复杂语法和奇怪发音弄得焦头烂额时，我却独能轻而易举地考高分，就是此时打下了基础。

我喜欢念书，但更惦记着革命。1948年秋天，正值学生运动低谷，"反饥饿，反迫害"的高潮已经过去，国民党正在搜捕革命学生，一些领导学生运动的头面人物正在向解放区撤退，学生运动群龙无首，1949年1月以前，我们都还能安安静静地念书，只搞过一次"要生存，要活命"的小规模请愿。我跟着大家，拿着小旗，从四院步行到沙滩校本部去向胡适校长请愿。那时，校本部设在一个被称为松公府的四合院中。我们在孑民堂前，秩序很好地排好队，胡适校长穿着一件黑色的大棉长袍，站在台阶上接见了我们。他很和气，面带忧伤。我已忘记他讲了什么，只记得他无可奈何的神情。这次请愿的结果是：凡没有公费的学生都有了公费，凡申请冬衣的人都得到了一件黑色棉大衣。这件棉大衣我一直穿到大学毕业。

一月共产党军队围城，我们开始十分忙碌起来。随着物价高涨，学生自治会办起了面粉银行，同学都将手中不多的钱买成面粉存在银行里，以防长期围城没有饭吃。记得我当时早已身无分文，母亲非常担心，也不知道她通过什么门路，在贵阳找到一个卖肉老板，他在北京也有分店。母亲在贵阳付给这位老板六十斤猪肉的钱，他的分店就付给我值同样多斤猪肉的钱。这可真救了我的急，使得在面粉银行中也有一袋属于我的面粉。我们又组织起来巡逻护校，分头去劝说老师们相信共产党，不要去台湾。我的劝说对象就是沈从文先生。我和一位男同学去到他家，我最深刻的印象就是他的妻子非常美丽，家庭气氛柔和而温馨，他平静而不置可否地倾听了我们的劝说。我当时的确是满腔热情，对未来充满信心，但对于已有了三十年代经验的他来说，大概一定会觉得幼稚而空洞吧！后来，胡适派来的飞机就停在东单广场上，他和许多名教授一样，留了下来。也许是出于对这一片土地的热爱，也许是出于对他那宁静的小家的眷恋，也许是和大家一样，对共产党和未来抱有希望；总之，他留了下来，历尽苦难。

这时，我又参加了北大剧艺社和民舞社，全身心地投入了我从未接触过的革命文艺。我一夜一夜不睡觉，通宵达旦地看《静静的顿河》《钢铁是怎样炼成的》、高尔基的《母亲》、还有马雅可夫斯基的诗。我们剧艺社排演了苏联独幕剧《第四十一个》。我担任的职务是后台提词。那位红军女战士在革命与爱情之间痛苦挣扎，最后不得不亲手开枪打死她最心爱的蓝眼睛——白军军官；每次排练至此，我都会被感动得热泪盈眶。民舞社每周两次，由总校派来一位老同学教我们学跳新疆舞。记得我最喜欢的舞蹈是一曲两人对舞，伴唱的新疆民歌也非常好听。歌曲大意大概是这样：

男："温柔美丽的姑娘，我的都是你的，你不答应我的要求，我将每天哭泣。"

女："你的话儿甜似蜜，恐怕未必是真的，你说你每天要哭泣，眼泪一定是假的。"

男："你是那黄色的赛布德（一种花），低头轻轻地摘下你，把你往我头上戴，看你飞到哪里去！"

女："赛布德花儿是黄的，怕你不敢去摘它，黄色的花儿头上戴，手上的鲜血用啥擦？"

男："头上的天空是蓝的，喀什喀尔河水是清的，你不答应我的要求，我向那喀什喀尔跳下去！"

女："你的话儿真勇敢，只怕未必是真的，你从那喀什喀尔跳下去，我便决心答应你！"

这些美丽的歌舞与隐约可闻的围城隆隆炮声，和周围紧张的战斗气氛是多么地不协调！但它们在我心中却非常自然地融为一体。我白天如痴如醉地唱歌跳舞，晚上到楼顶去站岗护校或校对革命宣传品。那时北大的印刷厂就在四院近邻,深夜,革命工人加班印秘密文件和传单,我们就负责校对;有时在印刷厂,有时在月光下。我印象最深的是校对一本小册子,封面用周作人的《秉烛谈》作伪装掩护,扉页上醒目地写着:"大江流日夜,中国人民的血日夜在流!"这是一个被国民党通缉的北大学生到解放区后的所见所闻,称得上文情并茂,感人至深。

新旧之交

1949年1月29日中国人民解放军辉煌地进入北京城,我的生活也翻开了全新的一页。

"新社会"给我的第一印象就是延安文工团带来的革命文艺。谈情说爱的新疆歌舞顿时销声匿迹,代之而起的是响彻云霄的西北秧歌锣鼓和震耳欲聋的雄壮腰鼓。文工团派人到我们学校来辅导,并组织了小分队。我们大体学会之后,就到大街上去演出。有时腰上系一块红绸扭秧歌,有时背着系红绳的腰鼓,把鼓点敲得震天价响。市民们有的报以微笑和掌声,有的则透着敌意和冷漠。我们却个个得意非凡,都自以为是宣告旧社会垮台,新社会来临的天使和英雄。

延安文工团来四院演出《白毛女》的那天,曾经是军阀曹锟贿选的圆柱礼堂(当时称圆楼)里外三层,挤得水泄不通。我们真是从心眼儿里相信"旧社会把人变成鬼,新社会把鬼变成人"。用自己的劳动养活全人类,却被压在社会最底层的善良农民如今"翻身做了主人",还有什么比这更伟大、更神圣呢?

就在这几乎"万众一心"的时候,四院却发生了一件不能不载入校史的大事。这就是护校运动。共产党进城后,需要很多地方来安置各种机构,因此决定要北大让出四院,学生全部并入总校校址。这引起了一小部分学生的坚决反对。他们认为四院是北大校产,不能随便放弃,政府不能任意征用学校的财产和土地。他们四处呼吁,又贴墙报,又开辩论会,还威胁说要组织游行,眼看就要酿成一个事件!共产党决定加强领导,通过自己的地下组织予以坚决回击。总之是说他们挑衅闹事,有意制造事端,反对新政权;又把他们平常生活中的各种不检点,用墙报贴了出来。这些人一下子就臭了。于是我们大获全胜,浩浩荡荡迁入了总校所在地——沙滩。四院则成了新华社的大本营,一直到今天。

我们一九四八级,原有二十七名学生。还在四院时,就有很多同学参加了解放军,护校运动后,又有一些人参加了南下工作团。迁入总校时,我们班实际只剩下五个同学。好在学校面目一新,课程完全不同了。中国革命史和政治经济学都是一两百人的大班上课,俄语和文学理论则将中文系的三十几个同学编成了一个班。过去的课程都没有了,听说废名先生在被通知停开他最得意的"李义山诗的妇女观"一课时,还流了眼泪。新派来的系主任杨晦先生是著名的左派文艺理论家,但我们对他一无所知,只知道他的妻子比他年轻二十岁,是西北某大学的校花。他讲的文学理论,我们都听不懂,晚上,他还将我们组织起来学习《共产党宣言》，一周三次，风雨无阻。

我俄语学得不错，政治课发言又总是热情澎湃，满怀青春激情，于是很快当上了政治课小组长。记得一个难忘的夜晚，已是十一点多钟我突然被叫醒，由一个不认识的男生带到红楼门口，一辆闪亮的小轿车正停在那里。我们四个人钻进车厢，车就飞驰而去。我们被带进一个陈设豪华的小客厅。我从未坐过小轿车，更从未见过这样的堂皇富丽，又不知道为什么来到这里，心里真是又好奇、又慌乱、又兴奋。等了一会儿，又高又大的彭真市长踱了进来。原来是市长同志亲自过问政治课教学情况，让我们最基层的小组长直接来汇报。我对彭真市长的印象很好，觉得他亲切、坦直、真诚。他大概对我的印象也不错，我大学毕业时，曾有消息说要调我去作彭真的秘书，并把档案也调走了，但不知什么原因没有去成。如果去成了，我就会完全变成另一个人，我可能不会当二十年右派，也可能在文化大革命中成为彭真的"黑爪牙"，遭受更大的不幸。

然而谁又能预知未来？反正1948年和1950年，我的生活算得上称心如意。我开始给《北京解放报》和《人民日报》写稿，无非是报导一些学校生活、新鲜时尚；有时也写一点书评，多半是评论一些我正在大量阅读的苏联小说。记得有一篇评的是长篇小说《库页岛的早晨》，标题是："生活应该燃烧起火焰，而不只是冒烟！"这倒是说明了我在很长一段时间里所持的人生观。也就是说，与其凑凑合合地活着，不如轰轰烈烈干一场就去死。

1950年暑假，发生了一件我完全意想不到的事。有一天，我突然被通知立即到王府井大街拐角处的中国青年联合会报到，只带几件换洗衣服和洗漱用具。和我一起报到的有来自全国各地的二十余名学生（也有几个并非学生）。我们就这样仓促组成了参加第二届世界学生代表大会的中国学生代表团！团长是青年团中央的一位大官，秘书长却是我们都很崇敬的地下学生运动领导人柯在烁，他曾被国民党全国通缉，却传奇式地逃到了解放区，此人后来也当了大官，八十年代成了香港法起草委员会的重要成员。代表团人才倒也齐全，有来自音乐、美术、戏剧等专业院校的学生，也有来自工厂和部队的代表，还有内蒙古和西藏的学生干部。其中也出了一些名人，如大音乐家吴祖强，著名的西藏地方官宦爵才郎，十六岁的新疆小姑娘法吉玛。法吉玛后来成了新疆电影制片厂的名演员，后来又在文化大革命中死于非命。

我们从满洲里初出国门，将近一星期，火车一直穿行在莽莽苍苍的西伯利亚原始森林之中。贝加尔湖无边无际地延伸开去，我教大家唱我最爱唱的流放者之歌："贝加尔湖是我们的母亲，她温暖着流浪汉的心，为争取自由挨苦难，我流浪在贝加尔湖滨。"又唱高尔基作词的囚徒之歌："太阳出来又落山，监狱永远是黑暗，监守的狱卒不分昼和夜，站在我的窗前！高兴监视你就监视，我绝逃不出牢监，我虽然生来喜欢自由，斩不断千斤铁链。"我心里活跃着从小说中看来的各种各样为自由在西伯利亚耗尽年华的不幸人们——十二月党人和他们的妻子，陀思妥耶夫斯基和托尔斯泰笔下的被流放的人群。我满心欢喜，深深庆幸那些苦难的日子已经成为过去，仿佛辉煌灿烂的世界就在我眼前，真想展开双臂去拥抱自由美好的明天！至于那些在苏联政权屠刀下的新鬼，不计其数的新流放犯的受难，我当时确实是一无所知。

作为社会主义大家庭的新的一员，我们在沿路车站都受到了极其热烈的欢迎。到处是红旗飘扬，鲜花环绕。人们欢呼着，高唱国际歌，双方都感动得热泪盈眶！我们先在莫斯科、列宁格勒、基辅等地参观，然后去布拉格开会。记得刚到莫斯科的那个晚上，尽管团长三令五申，必须集体行动，我和柯在铄还是忍不住在夜里十一点，偷偷来到红场列宁墓，一抒我们的类似朝圣的崇拜之情。俄罗斯的艺术文化给我留下了极其深刻的印象，特别是那些非常美丽的教堂圆顶，但我们却不被准许走近教堂，只能远远地欣赏。我们也去过图书馆、画廊、工厂、集体农庄，"苏联的今天就是我们的明天"，我对此深信不疑。

虽说到布拉格是为了参加世界学生代表大会，但我对大会似乎一无所知。只记得大会发言千篇一律，也不需要我讲话。我乐于坐在位子上东张西望，观察我周围的一切；再就是拼命高呼"viva! Stalin!"（斯大林万岁）高唱会歌，不断地吃夹肉面包喝咖啡。当时苏联老大哥的地位至高无上，记得我们经常要听他们的指示。我因懂一点俄语，有时就被邀请参加这种中午或深夜的小会。老大哥们都非常严肃，常是昂首挺胸，板着脸。我对此倒没有什么抵触，似乎他们就应该是那副样子，我们对他们的崇拜也是理所当然。

在国外的一个月很快就过去了。回国前两天，我突然被秘书长召见。他问我是否愿意留在全国学联驻外办事处工作，待遇相当优厚，还有机会到莫斯科大学留学。我对此引诱一口回绝，自己也说不清是什么原因。我虽然积极参加各种革命工作，但内心深处却总是对政治怀着一种恐惧和厌恶之情。这种内心深处的东西，平常我自己也不察觉，但在关键时刻却常常决定着我的命运。

3 阶级斗争

我又何必一定要执著于过去的生活,
或者说过去为将来设计的生活?
转念一想,难道我真能主宰自己的生活吗?
在中国,谁又能逃脱"螺丝钉"的命运?
还不是把你摁到哪里就是哪里!

爱国的行动

从布拉格回来,立即投身于轰轰烈烈的"抗美援朝"。我当时真心相信美国攻打朝鲜,目的就是要占领全中国。"唇亡齿寒"的论证使人不能不信服。真的,我们为什么不把敌人拒于国门之外?抗日战争的苦难记忆犹新,如果要打仗就到别人家里去打吧,这正是最好的动员。我写了一首题为《只要你号召》的不长不短的诗,大大煽动了大家的爱国热情。这首诗用大字报形式,张贴在沙滩民主墙,吸引了许许多多年轻人。他们又传抄、又朗诵,一时热火朝天。这首诗得了全国抗美援朝文艺奖,又得到了北京、南京、广东等好几个地方奖。我心里当然总有一点儿暗自得意,以为自己为爱国主义立了一功。

学校已经完全停课,参军、参干运动热火朝天。所谓参军就是参加人民志愿军,不久就要开赴朝鲜打仗;所谓参干则是参加军事干部学校,接受更高级军事训练。当时百分之九十的学生都报了名,由领导挑选。但真正去成的不到一百人,我也因"工作需要",被留了下来。留下来需要做的工作,首先是上街宣传、唱歌,进行街头讲演,向市民宣传抗美援期,说明唇亡齿寒的道理。同时在全体师生员工中开展了反对"崇美""恐美""媚美"的三大运动。所有与美国有关的，特别是牵涉到教会学校，外国医院的人和原留美归国学生都被作为"崇美"典型遭到批判；凡对抗美援朝的正义性和最后胜利持保留态度的都是"恐美"；凡说美国任何好话，都是"媚美"。学校顿时分成了"批人的"和"挨批的"两大类。我当时还一无把柄，有如一张白纸，自然是属于前者。但那些日日夜夜的批斗会总使我心惊胆战。特别是那次在民主广场召开的全校斗争大会，被斗者站在高台上，大家高呼口号、控诉、批判，当揭露到美帝协和医院用中国人作病理实验时，群众简直义愤填膺，"血债要用血来还"的喊声惊天动地。站在台上，被当做美帝走狗的替罪羊吓得面无人色，站立不稳。其实，有好些说法我不能同意，认为至少也应分清责任，但为了爱国，必须反帝，我也只能跟着大家一阵乱喊"打倒"之类，内心却在战栗，第一次深感屈从的痛苦！但是，中国人民究竟站起来了，积弱多病的祖国，竟然敢于面对强者，向头号帝国主义挑战，就凭这一点，屈从算什么？

土改：第一次灵魂的搏斗

同年冬天，全校绝大部分师生都奔赴了土改第一线。我们全班二十余人（包括中法大学、辅仁大学撤销后合并过来的学生和插班生）被分配负责江西四个乡土地改革的全部工作，由一个县里派来的宣传部长统筹指挥。当时，正值全国大反和平土改，中心精神是如果只将土地分给农民，还远不足以使他们在精神上得到解放，必须把地主打翻在地，踏上一万只脚，让他们永世不得翻身！我们这些二十来岁的年轻人对中国农村懂得什么呢？更糟糕的是越是从农村来的人越不敢多说自己对农村的看法，唯恐别人说他和地主划不清界限。我负责的这个村，有一千多人，是一个富村。按土地法规定，土改前三年拥有一定数量土地，而又租给别人，或请雇工耕种的，都是地主或富农。按这个标准，我们村很容易就划出了八个地主。我最想不通的是其中之一，他是一个在上海干了一辈子的老裁缝。此人一生省吃俭用，终生未婚；有一点钱就送回家乡买地，预期一个稳定的晚年。不想土改前三年恰恰凑够了当地主的数。我曾打过两次报告，说明裁缝也是劳动人民，是否可免划地主？最令我目瞪口呆的是有一天，忽然上面下来一道命令，说是本地农民觉悟太差，不敢起来斗争地主，为了进一步发动农民，八个地主一律就地枪决。我首先想到的就是那个七十多岁的老裁缝！我连夜走了几十里地去找领导，希冀能救老裁缝一命。结果是我狠狠地挨了一顿训斥，说我是小资产阶级知识分子的劣根性、人道主义、人性论作怪，差点就成了"阶级异己分子"！不久后，又停了我的工作组长职务。

将近半年的土改工作终于结束了。我们在县城总结了两个星期工作。几乎所有的人都检查了"阶级立场不稳""资产阶级人道主义""经不起尖锐斗争的考验"。我的内心很感矛盾，抗美援朝，我以爱国之名，谅解了一切不公正，求得了内心的平安；土地改革使我懂得了必须把人划分为阶级，只要一旦被划为阶级敌人，那就不是人，就不能用对待人的态度去对待他，就可以对他实行非人待遇，为所欲为。我以阶级之名，企图说服自己去原谅种种非人的暴行。但是，我亲眼见到这种划分完全是人为的，既非道德标准，又不是价值标准。如那个老裁缝，前一天他还是德高望重、乐善好施的乡绅，第二天他就是罪该万死的罪人！原因就全在那莫名其妙的土地之数！我极力不去想这些我无法理解的事，然而我却无法不感到一种灵魂的扭曲，一种把自己的一半从另一半撕裂的苦楚。

我突然成了"极右派"——人民最凶恶的敌人

1952年毕业留校工作,是幸运还是不幸?北京大学成了最敏感的政治风标,一切冲突都首先在这尖端放电。总之是阶级斗争不断:批判《武训传》,批判俞平伯,批判胡适,镇压反革命,镇压胡风集团,接着又是肃清反革命……记得1955年夏,我头脑里那根"阶级斗争的弦"实在绷得太紧,眼看就要崩溃了。我不顾一切,在未准假的情况下,私自回到贵阳老家。再见花溪的绿水青山,我好像又重新为人,不再只是一个政治动物。父母非常看重我的"衣锦荣归",总希望带我到亲戚朋友家里去炫耀一番。可是我身心疲惫,我太厌倦了!只好拂父母一片美意,成天徜徉于山水之间,纵情沉迷于儿时的回忆。

一回校就受到了批判,罪名是在阶级斗争的关键时刻,临阵脱逃。从此,领导不再让我去做什么重要的政治工作,我则十分乐于有时间再来念书。恰好1956年是全民振奋,向科学进军的一年。我竭尽全力教好我的第一次高班课,大学四年级的中国现代文学史。

大学毕业后，我就选定现代文学作为我的研究方向，我喜欢这门风云变幻、富于活力和挑战性的学科。我的老师曾劝告过我，不如去念古典文学，研究那些死人写的东西。至少他对你的分析不会跳起来说：不对，我不是那样想！现代文学可难了，如果你想公平、正直，活着的人就会为维护个人声誉而说东道西。但我没有听他的话。1956年，是我在教学研究方面都大有收获的一年，我研究鲁迅、茅盾、郭沫若、曹禺，极力想法突破当时盛行的思想内容加人物性格，不切实际地追索思想意义、教育意义、认识意义的研究模式。我的长文《现代中国小说发展的一个轮廓》在当时发行量最大的文艺杂志《文艺学习》上多期连载。我自以为终于走上了正轨，开始了自己的学术生涯。当时，在刘少奇和周恩来的关注下，学校当局提倡读书，我还当选了"向科学进军"的模范、"读书标兵"。这年春天，毛泽东提出了百家争鸣、百花齐放的方针，知识分子更是为此激动不已。

1952年，我是中文系最年轻的助教，是解放后共产党培养起来的第一代"新型知识分子"。我也以此自豪，决心作出一番事业。到了1957年，中文系陆续留下的青年教师已近二十名，我所在的文学教研室也有整十名。当时人文科学杂志很少，许多杂志又只发表学已有成的老先生的文章，年轻人的文章很少有机会发表。我们几个人一合计，决定在中文系办一个中型学术杂志，专门发表年轻人的文章。我们开了两次会，商定了两期刊物准备用的文章，并拟定了文章标题；大家都非常激动，以为就要有自己的刊物了。后来又在刊物名称上讨论了很久,有的说叫"八仙过海"取其并无指导思想,只重"各显其能"之意;有的说叫"当代英雄",俄国作家莱蒙托夫创造的那个才气横溢却不被社会所赏识的"当代英雄"别却林在大学年轻人中正风靡一时。会后,大家分头向教授们募捐,筹集经费。这时,已是1957年5月。我的老师王瑶先生是一个绝顶聪明而又善观形势的人,他警告我们立即停办。我们还莫名其妙,以为先生不免小题大做,对共产党太不信任。

我不认罪

然而,历史自有它的诡计,这一场"千古大手笔"的"阳谋"伤透了中国知识分子的心,使他们的幻想从此绝灭。我们参加办刊物的八个人无一幸免,全部成了右派。因为,图谋办"同仁刊物"本身就是想摆脱党的领导,想摆脱领导,就是反党!况且我们设计的刊物选题中还有两篇大逆不道的东西:一篇是《对延安文艺座谈会上讲话的再探讨》,拟对文艺为政治服务,思想性第一、艺术性第二等问题提出一些自己的看法。按反右的逻辑,这当然是反党,反毛泽东思想。第二篇是一篇小说,标题是《司令员的堕落》,作者是一位十六岁就给一位将军当勤务员的军队来的学生。这位将军因罪判刑,伺候了将军半辈子的勤务员,很想写出这一步步堕落的过程,以资他人借鉴。按反右逻辑,这也是诬蔑我党我军,"狼子野心,何其毒也!"就这样,1949年后文学教研室留下的十名新人,九个成了右派。右派者,敌人也,非人也!一句话,只配享受非人的待遇。尤其是我,不知怎么,一来二去竟成了右派头目,被戴上"极右派"的帽子,开除公职,每月十六元生活费,下乡劳改。

在北京远郊的崇山峻岭中，我们从山里把石头背下来，修水库，垒猪圈，我尽全力工作，竟在劳动中感到一种焕发，除了专注于如何不要滑倒，不要让石头从肩上滚下来，大脑可以什么也不想。累得半死，回住处倒头一睡，千头万绪，化为一梦。我越来越感到和体力劳动亲近，对脑力劳动逐渐产生了一种憎恶和厌倦，尤其是和农民在一起的时候。这几年，正值全国范围内无边无际的大饥饿，我们每天吃的东西只有杏树叶、榆树叶，加上一点玉米渣和玉米芯磨成的粉。后来，许多人得了浮肿病，我却很健康。我想，这一方面是因为他们不会享受那种劳动中的舒心和单纯，另一方面也是得益于我是女性。男右派们有很多，他们只能群居在一间又阴又黑的农民存放工具的冷房里；而女右派只有我一人，既不能男女杂居，就只好恩准我去和老百姓同住。他们替我挑了一家最可靠的老贫农翻身户，老大爷大半辈子给地主赶牲口，五十多岁，分了地主的房地、浮财，才有可能娶一个老大娘过日子。遗憾的是老贫农却划不清界限，老两口竟把我当亲女儿般看待，我也深深爱上了这两个受苦的人。老大爷给生产队放羊，每天在深山里转悠，山上到处都有核桃树，树上常有松鼠成群。老人常在松鼠的巢穴中，掏出几个核桃，有时也捡回几粒漏收的花生、半截白薯、一棵玉米。隔不几天，我们就可以在一起享受一次这些难得的珍品。老大娘还养了三只鸡，除了应卖的销售定额，总还有剩余让我们一个月来上一两次鸡蛋宴，一人吃三个鸡蛋！

由于我不认罪，我不知道我有什么罪，因此我迟迟不能摘掉右派帽子，也不准假回家探亲，虽然我非常非常想念我的刚满周岁的小儿子！直到1961年初，大跃进的劲头已过，饥饿逐渐缓解，水库被证明根本蓄不了水，猪回到了各家各户，集体猪圈也白修了，农村一下子轻松下来。我也被分配了较轻松的工作，赶着四只小猪漫山遍野寻食，领导者意在创造一个奇迹，不喂粮食也能把猪养肥。从此，我每天日出而作，日落而息。一早赶着小猪，迎着太阳，往核桃树成林的深山里走去。我喜欢这种与大自然十分贴近的一个人的孤寂，然而，在这种情形下，不思考可就很难做到了。思前想后，考虑得最多的就是对知识分子的生活着实厌恶了。特别是那些为保自己而对他人的出卖，那些加油加醋、居心叵测的揭发……我为自己策划着未来的生活，以为最好是找一个地方隐居，从事体力劳动，自食其力。然而没有粮票，没有户口，到哪里去隐居呢？寺庙、教堂早已破败，连当出家人也无处可去。人的生活各种各样，我从来也没有像现在这样深入了解过农民的生活。他们虽然贫苦，但容易满足。他们像大自然中的树，叶长叶落，最后是返回自然，落叶归根。我又何必一定要执著于过去的生活，或者说过去为将来设计的生活？转念一想，难道我真能主宰自己的生活吗？在中国，谁又能逃脱"螺丝钉"的命运？还不是把你摁到哪里就是哪里！想来想去，还是中国传统文化帮了忙：随遇而安，自得其乐。我似乎想明白了，倒也心安理得，每天赶着小猪，或引吭高歌，长啸于山林；或低吟浅唱，练英语，背单词于田野。

"史无前例"

我于1962年底，奉命返回北京大学，恢复公职，职务是数据员。据说为避免再向纯洁的学生放毒，我再也不能和他们直接接触了。我的任务是为上课的教员预备材料，注释古诗。这对我来说，倒真是因祸得福。一来我可以躲在数据室里，逃过别人的冷眼；二来我必得一字一句，对照各种版本，求得确解，这是硬功夫，大大增强了我的古汉语功底；三来这些极美的诗唤起了我儿时的回忆，给我提供了一个可以任意遨游的世界。可惜好景不长，据说经过考验，我的毒性已过，不到一年，又让我"重返神圣的讲台"。分配给我的课程是政治系的政论文写作。如此具有崇高政治性的课程，怎么让一个"摘帽右派"去承担？我真的受到了惊吓！后来我逐渐懂得了其中奥妙。中文系的人原来就不喜欢教写作课，因为要花很多时间改作文，自己没有提高，不能写书，提升就成了问题。况且政论文写作是新课，谁也不知如何开，加之一碰到政治，大家都心惊胆战，怕犯错误，于是这一光荣重担就落在了我的肩上。我果然中了圈套。1964年夏，学生们暑假后从家乡回来，我给的作文题目是就自己的耳闻目睹发一些议论。大部分文章都是歌功颂德，唯独班上的共青团书记写的却是家乡大跃进和共产风给老百姓带来的危害，并从理论上讨论了杜绝这种危害的办法。文章写得文情并茂，入情入理，而且与我在农村的经历全然相合。我当然给了高分，并让他在全班朗读，得到了同学一致好评。这时，正值全国全面大反右倾翻案风，我一下子就被揪了出来，成为煽动学生恶毒攻击"三面红旗"（大跃进、人民公社、总路线）的头号典型，我的例子还说明右派人还在，心不死，随时准备翻天！我从此再度被逐出讲台，并被监督起来。最使我难过的是那位团支部书记本来可以飞黄腾达的，却被开除了团籍，毕业分配大受影响，分到了一个穷山恶水的异乡（他做得很出色，八十年代当了那里的县长）；更遗憾的是他班上的一位同学拿了这篇文章到其他系的同学中去宣读，于是有了"聚众煽动"的嫌疑，又听说他还有什么别的背景，不久就被抓进监牢，后来不知所终。

就这样，迎来了1966年"史无前例""震撼世界"的无产阶级文化大革命！折辱、受屈，都不必细说了。我觉得最有意思的是中国头号哲学家冯友兰先生后来回忆的："他们把我置于高台'批斗'，群情激昂，但我却在心中默念'菩提本无树，明镜亦非台；本来无一物，何处惹尘埃？'"看来中国文化传统，特别是老庄、佛道思想确实帮助中国知识分子渡过了难关。说来别人也许难以相信，文化大革命一开始，我是翻天右派，我丈夫是走资派黑帮，我们转瞬之间就被"打翻在地，踏上一万只脚"，不但家被查抄，每天还要在烈日之下劳改挨斗，但是我们真的从心里为这次革命欢欣鼓舞。尤其是得知这次大革命的伟大统帅下令从上到下撤销各级党组织，并且说，你们压了老百姓那么多年，老百姓起来放把火，烧你们一下，有何不可？这真是大快人心，我似乎预见到中国即将有天翻地覆的大变化了。当时还广泛宣传巴黎公社原则，这就意味着党和国家领导人的工资不得超过技术工人的最高工资，意味着全民选举、人民平等。我们都想，如果国家真能这样，在这新生命出现的阵痛中，个人受点苦，甚至付出生命，又算得了什么？后来才明白，这些都不过是一种幌子，和以往一样，我们又受骗了。我们付出了极高代价，但是，一无所获，倒是国家大大伤了元气！

当然，话又说回来，如果没有文化大革命，当权派的路就没有走绝，就不会有对历次政治运动、特别是反右运动的平反，不会有"四人帮"的倒台，不会有人们的破除迷信、独立思考，也不会有今天的改革开放。因此，从物极必反的意义来说，如果真有人高呼无产阶级文化大革命万岁，我大概也不会全然反对。

1969年刚过元旦，林彪公布了他的第一号令：为了备战，实行全民疏散。北京大学已经三年没有招生，在校学生（红卫兵一代）几乎全部发配到军垦农场和边远地区。现在，绝大部分教员也被命令在一周内全家一起搬迁到江西南昌远郊的鲤鱼洲。这样，除极少数领导信任的心腹，学校就完全空了。

鲤鱼洲是在鄱阳湖边围湖造田的产物，也就是筑一道堤挡住湖水，在堤这边种田。这与湖水一堤相隔的湖底是一望无际的沼泽，荒无人烟，没有房屋。我们自己动手，就地取材，用芦苇和竹子造屋，在湖底种田。从湖底看鄱阳湖上点点白帆，就像白天鹅在蓝天上航行。我俩带着十一岁的儿子，在这个因血吸虫肆虐而被农民遗弃的土地上生活了近三年。我们虽然分住在不同的连队，但两周一次的假期总可以一家人一起沿着湖滨散步，那就是我们最美好的时光。如果没有什么急行军、紧急集合、"深挖细找阶级敌人"之类的干扰，日子过得也还挺平静，比起以往阶级斗争的疾风暴雨，总算松了一口气。既然前途渺茫，连猜测也难，人们倒也不再多想，我又做起归隐田园的好梦，幻想有一间自己的茅草屋，房前种豆，房后种瓜，前院养鸡，后院养鸭，自得其乐。

4 重返北京大学

我最崇拜和喜爱的就是鲁迅。
我始终认为他是 20 世纪最了解中国的人。
他所曾分析的那些中国人的劣根性,
他曾鞭挞的那些人类灵魂深处的龌龊,
至今仍时常在我们周围发现。

20世纪最了解中国的人

我们的领导总是教导我们，应该扎根农村，成为未来的鲤鱼洲人的祖宗。我也以为这次一定是要圆了我的田园归隐梦了，然而1972年底的一天，一声令下，突然决定全部鲤鱼洲居民立即返校。我们既不知何所为而来，也不知何所见而去，也不知是忧是喜。大家匆匆忙忙，杀了所有的鸡，开了个百鸡宴，又宰了厨房里养的好几头猪；扔下了好不容易买来的抽水机、发动机和各种新农具，还有我们亲手修建的茅草屋。当载运我们的大卡车在沿湖大堤上缓缓而行，我心里充满了悲哀。两年来，就在这荒滩上埋葬着二十余位我的同伴的尸骨，其中六人横渡鄱阳湖去为大家买菜，浪大船小，无一生还；二人死于路滑翻车；三人莫名其妙地自杀；另外的人或死于血吸虫病，或因缺药少医，治疗不及，死于非命。

也许是由于我在鲤鱼洲劳动很不错，也没有情绪低落、怨天尤人，还获得了"打砖能手""插稻先锋"等光荣称号。回校后，就让我重返神圣的讲坛。这回面对的已不是普通大学生，而是工农兵学员，他们绝大多数是各级干部子弟，通过各种途径被推荐来的。他们来大学，不只为读书，而是为了"上、管、改"，即上大学、管理大学、改造大学。教师当然也是被管理和改造的对象。加之这时提倡的是"以社会为课堂"，学生经常去农村、工厂、报社学习，教师的责任相对也减轻了。于是，我又有了时间读自己爱读的书。

在中国现代文学史中，我最崇拜和喜爱的就是鲁迅。我始终认为他是20世纪最了解中国的人。他所曾分析的那些中国人的劣根性，他曾鞭挞的那些人类灵魂深处的龌龊，至今仍时常在我们周围发现。

一有空闲，我最想做的事就是从头研究鲁迅，首先把我的旧稿整理出来。1956年，我曾对鲁迅早期思想作过比较全面系统的研究，我对他1907和1908两年所写的《文化偏至论》《摩罗诗力说》《破恶声论》特别感兴趣。现在想来，这三篇文章对我后来的学术研究确有相当深远的影响。他的"掊物质，张灵明，任个人，排众数"的社会主张，他的"外之既不后于世界之思潮，内之仍弗失固有之血脉，取今复古，别立新宗"的学术理想，他的不满足于现实层面而超越于现世的终极精神的追求，可以说都是我后来学术生涯的起点。

在《文化偏至论》中，鲁迅强调兴建铁路矿事并不一定能振兴中华，他认为非、澳二洲都曾十分注重路矿建设，然而那里的土著，却仍然过着十分悲惨的生活，这两洲原有的文化也都消亡殆尽；他认为仅仅专注于民主宪政，"金铁立宪""以众志为文明"也不能解决根本问题。他举出西班牙、葡萄牙虽立宪已久,但并未能使国家强盛。他已看出当时呼声最高的发展经济、立宪改良,都不足以更新社会、振兴中华。他独树一帜地提出了"掊物质,张灵明,任个人,排众数"的主张。

"掊物质"是针对:"诸凡事物无不质化,灵明日以亏蚀,旨趣流于平庸,人唯客观的物质世界是趋,而主观之内面精神,乃舍置不之一省。重其外,放其内,取其质,遗其神,林林众生,物欲来蔽,社会憔悴,进步以停,于是一切诈伪罪恶,蔑弗乘之而萌,使性灵之光,愈益就于暗淡:19世纪文明之通弊,盖如此矣。"鲁迅反对对物质文明"崇奉逾度,倾向偏趋""此外诸端悉置不顾"。鲁迅的"掊物质"又是和"排众数"结合在一起的。他认为所谓多数,无非是国家大权被一帮政客、党棍所掌握:"古之临民者,一独夫也;由今之道,且顿变而为千万无赖之尤,民不堪命矣,与救国究何与焉?"这"千万无赖之尤",横行霸道,"同是者是,独是者非,以多数临天下而暴独特者"。鲁迅把这"千万无赖之尤"分为三类:第一类是少数"垂微饵以冀鲸鲵"的巨奸,是"志行污下,将借新文明之名,以大遂其私欲"的"干进之徒",他们"近不知中国之情,远复不察欧美之实,以所拾尘芥,罗列人前……虽兜牟深隐其面,威武若不可陵,而干禄之色,固灼然现于外矣"。第二类是"宝赤菽以为玄珠"的"盲子",他们"中较善者,或诚痛乎外侮迭来,不可终日,自既荒陋,则不得已,姑拾他人之绪余,思纠大群以抗御,而又飞扬其性,善能攘扰,见异己者兴,必借众以凌寡……考索未用,思虑粗疏,茫未识其所然,辄皈依于众志";"至尤下而居多数者,乃无过假是空名,遂其私欲"。于是,"事权言议,悉归干进之徒"。第三类人则是"中心皆中正无瑕玷矣,于是拮据辛苦,展其雄才,渐乃志遂事成,终致彼所谓新文明者,举而纳之中国,而此迁流偏至之物,已陈旧于殊方者,馨香顶礼"。这类人也许志在救国,也不全是盲从,然而西方文明有其自身的问题,并不能给旧中国带来生机。鲁迅所要排的众数就是这三类人的总称。

最看重全民思想的自由与自觉的声音

那么,出路在哪里呢?鲁迅的正面主张是:"张灵明,任个人。"他说:"故今之所贵所望在有不和众嚣,独具我见之士,洞瞩幽隐,评骘文明,弗与妄惑者同其是非,唯向所信是诣,举世誉之而不加劝,举世毁之而不加沮。有从者则任其来,假其投以笑傌,使之孤立于世,亦无慑也,则庶几烛幽暗以天光,发国人之内曜,人各有己,不随风波,而中国亦以立。"(《破恶声论》)鲁迅期望着这样一些"精神界之战士",他们不阿世媚俗而有自己的见解,并能为坚持自己的信念牺牲一切。只有他们能冲破那"糜然合趣,万喙同鸣,鸣又不揆诸心"的"庸众"所造成的恶浊氛围,促成"古国胜民"的觉醒,使他们"咸入自觉之境"。可见鲁迅最看重的是全民思想的自由,是自觉的声音。

更值得重视的是,鲁迅从一开始就持有一种与众不同的发展观点。在他的早期著作中,几乎谈每一个问题,都是首先回溯其历史发展。他坚信发展是绝对的,任何事物的出现都自有其根源。他说:"诚以人事连绵,深有本柢,如流水之必自原泉,卉木之苗于根荄,倏忽隐现,理之必无。故苟为寻绎其条贯本末,大都蝉联而不可离。"他认为事物之变化又都是极其复杂的,"所谓世事不直进,常曲折如螺旋,大波小波,起伏万状,进退久之而达水裔"。过程虽然复杂,方向则是永远向上的、进步的,从低级发展到高级。他相信未来,乐观地认为,"世事反复,时事迁流,终乃屹然更兴,蒸蒸以至今日。"(《文化偏至论》《科学史教篇》)

从这种发展的历史观点出发,鲁迅对泥古和蔑古都不赞成。提倡将人和事都放进一定的历史地位中来考察。他说:"盖凡论往古人文,加之轩轾,必取他种人与是相当之时劫,相度其所能至而较量之,决论之出,斯近正耳。唯张惶近世学说,无不本之古人,一切新声,胥为绍述,则意之所执与蔑古亦相同。盖神思一端,虽古之胜今,非无前例,而学则构思验实,必与时代之进而俱升,古所未知,后无可愧,且亦无庸读也。"(《科学史教篇》)这就是说,一切事物都有其历史阶段,并不断从低级向高级发展。新生的,属于未来的东西不断发生着;过去的,腐朽的东西不断衰亡。一切"古已有之"是不对的,割断历史也是错误。对于任何事物加以评价,都必须注意其历史地位。因此,鲁迅认为"心神所注,辽远在于唐虞"之人,"为无希望,为无上征,为无努力……非自杀以从古人,将终其身更无希冀经营",同时,鲁迅认为"搐击旧物,唯恐不力"的"轻才小慧"之徒也完全不足为训。他的理想是"外之既不后于世界之思潮,内之弗失固有之血脉,取今复古,别立新宗"。(《文化偏至论》)

从这种发展观点出发，鲁迅又进一步论证发展并不是四平八稳，不偏不倚，倒退是没有出路的。他说："人类既出而后，无时无物，不禀杀机……使拂逆其前征，势即入于零落……不幸进化如飞矢，非堕落不止，非著物不止，祈逆飞而归弦，为理势所无有……人得是力，乃以发生，乃以曼衍，乃以上征，乃至于人所能至之极点。"在封建社会，"有人撄人，或有人得撄者，为帝大禁，其意在保位，使子孙王千万世，无有底止。"（《文化偏至论》）。只有统治者为了保持其永久统治，才宣扬停滞不变的理论，才掩盖一切事物的发展和斗争，"强势飞矢逆飞而归弦"，其结果就是导致"邦国于零落"。鲁迅强调，"既然以改革为胎，反抗为本，则偏于一极固理所当然""甲张则乙弛，乙盛则甲衰""每不即于中道"。矛盾着的双方必以一定条件向自己相反的方向转化，这种转化必然在某一方取得优势的情况下实现。鲁迅把这种优势称为"偏至"，指出"偏至"是发展中的必然现象。这对于长久处于麻木状态，"宁蜷服堕落而恶进取"的苟安现状的，当时的中国社会当然具有重要的现实意义。

肯定信仰和宗教的必要性

鲁迅早期思想还有一个独特之处，就是在诸多重物质、反迷信的呼声中他坚定地肯定信仰和宗教的必要性。他认为人类"不安物质之生活，则自必有形上之需求"。他在分析了宗教产生的种种原因之后，强调说："中国志士谓之迷（信），而吾则谓此乃向上之民欲离是有限相对之现世，以趣无限绝对之至上者也。人心必有所凭依，非信无以立。宗教之作，不可已矣。"鲁迅又分析中国宗教的特点，指出中国"以普崇万物为文化本根，敬天礼地，实以法式，发育张大，整然不紊。覆载（指天地）为之首，而次及于万汇。凡一切睿智义理与邦国家族之制无不据是为始基焉"。他进一步指出这种宗教的"效果所著，大莫可名：以是而不轻旧乡，以是而不生阶级。他若虽一卉木竹石，视之均涵有神秘性灵，玄义在中，不同凡品。其所崇爱之溥博，世未见有其匹也"。鲁迅认为："宗教由来，本向上之民所自建，纵对象有多一虚实之别，而足充人心向上之需要则同然。"没有信仰的人往往"精神窒塞唯肤薄之功利是尚；躯壳虽存，灵觉且失……以他人有信仰为大怪"。其实，"墟社稷，毁家庙者，征之历史，正多无信仰之士人"。鲁迅甚至说:"今日之急"应是"伪士当去,迷信可存!"(《破恶声论》)鲁迅之所以偏爱宗教,是因为他认为未来的希望就在人之"内曜"和"心声"。"内曜者,破黑黯者也;心声者,离伪诈者也。人群有是,乃如雷霆发于孟春,而百卉为之萌动,深夜逝矣"。鲁迅认为最重要的,正是宗教所培育的这种内心的光明和真诚。

鲁迅的《文化偏至论》《摩罗诗力说》和《破恶声论》都发表于1908年《河南》月刊。虽然当时并没有发生太大的影响,但鲁迅的真知灼见、高瞻远瞩至今仍有其现实意义。1958年4月,我已经被定名为"极右派"——人民最凶恶的敌人,全国最著名的学术刊物《新建设》还发表了我的这篇《鲁迅早期思想研究》长文。听说责任编辑因此受到了严厉处分。我看到这篇论文,心里不知是什么滋味,只是悲哀地在心里重复:这是我第一篇精心写作的学术论文,也许,也就是最末一篇了吧!

1963年从农村回来,在数据室工作,我始终放不下鲁迅。在工作之余,写了一篇《论〈伤逝〉的思想和艺术》。我一向喜欢鲁迅的短篇小说。我认为其中很多都反映着上面谈到的鲁迅早期思考的问题,特别是那些独特的"精神界之战士"的遭遇。在《狂人日记》和《药》里,鲁迅考察了作为辛亥革命前驱的第一代革命知识分子。狂人第一个看透了四千年吃人的历史,看到上层社会"话中全是毒,笑里全是刀",相信"将来是容不得吃人的人的"。然而,这个最先觉悟的人却被目为狂人,对付他,只需"反扣上门,宛然是关了一只鸡鸭!"作了一番无益的挣扎之后,这位先觉者也就只好妥协,"赴某地候补矣!"《药》中的夏瑜和狂人不同,他忠于自己的信念,作为"精神界之战士",坚持要去唤醒那些生活在黑暗的铁屋中的人们,最后献出生命。然而,这样的牺牲并没有引起什么反响,他的鲜血对于尚未觉悟,麻木愚昧的普通老百姓只是一剂不起作用的药。

在《孤独者》和《酒楼上》两个短篇中,鲁迅着重考察了辛亥革命培育起来的第二代革命知识分子。在酒楼上的吕纬甫在革命高潮时,也曾"到城隍庙去拔掉神像的胡子,连日议论些改革中国的方法,以致打起来"。直到今天,想起过去的革命行动,眼睛里也还会"闪出射人的光彩"。然而,十年来,他"无非做了些无聊的事情,等于什么也没有做""像蝇子停在什么地方,给什么来一吓,即刻飞去了,但是飞了一个小圈子,便又飞回来,停在原地点……很可笑,也可怜"。孤独者魏连殳原是一个激烈的要求改革的"可怕的新党",后来却"躬行我先前所憎恶,所反对的一切,拒斥我先前所崇仰,所主张的一切",在表面的纸醉金迷和实际的失眠吐血中,虚度一生。其实,深夜思之,直到今日,"想做一点事"的中国知识分子又何尝摆脱过这两种可悲的命运?

要个人有自由选择之权

那么，五四运动中培养起来的第三代知识分子呢？那些在个性解放，自由平等，易卜生、拜伦、雪莱等人的影响下成长起来的新一代的知识青年，又有怎样的命运和前途？我认为鲁迅的《伤逝》正是对这个问题，也就是对他在他那篇著名的讲演《娜拉走后怎样》中所提出的问题的回答。当时，易卜生在中国很有影响。1918年，胡适把他1914年在美国康乃尔大学哲学会宣讲的一篇论文《易卜生主义》写成中文，并在1921年重新修改发表。在这篇文章中，他提倡"真正纯粹的为我主义"，他引用易卜生的话说："全世界都像撞沉了船，最要紧的还是救出自己。"他认为："《娜拉》戏里，写娜拉抛弃丈夫儿女，飘然而去，也只是为了救出自己"，最要紧的是"要个人有自由选择之权"。鲁迅介绍易卜生重点和胡适很不同，他强调的是："易卜生敢于攻击社会，敢于独战多数"，而当时很多人都是"颇有以孤军而被包围于旧垒中之感的"。鲁迅认为，娜拉式的出走，不但不能使社会改良进步，连"救出自己"也是行不通的。在"娜拉走后怎样"的讲演中，他指出"自由固不是钱所能买到的，但能够为钱而卖掉"。娜拉表面上似乎是"自由选择""救出自己"了,但由于没有钱,她追求自由解放、"飘然出走"的结局只有两种可能:一是回家,二是堕落。因此,首先要夺得经济权,要有吃饭的保障、生活的权利。但是,"有了经济方面的自由也还是傀儡,无非被人所牵的事可以减少,而自己所牵的傀儡可以增多罢了"。这也还说不上是真正的自由。他希望人们不要空喊妇女解放、自由平等之类,而要奋起从事"比要求高尚的参政权以及博大的妇女解放之类更烦难、更剧烈的战斗"。

《伤逝》的男女主人公涓生和子君都是五四青年,他们对周围黑暗势力的挑战无疑是英雄的。子君背叛以家庭为代表的整个封建势力时,比娜拉自觉得多、坚定得多,对自己前途的认识也明确得多。自从她庄严宣布"我是我自己的,他们谁也没有干涉我的权利"而引起涓生"灵魂的震撼"和"狂喜"的时候起,他们就选择了一条崎岖的道路。他们断绝了朋友、家庭,顽强地抵制一切外来的压力,在"探索、讽笑、猥亵和轻蔑的眼光中傲然前行"。然而,他们这个由纯洁的爱情组合而成的小家庭不到一年,就全然崩毁。涓生从会馆来还回到会馆,子君从封建家庭来还回到封建家庭,她并为这失败奉献了自己的生命。失败的原因是什么呢?过去的研究家们多半把这原因归结为失业、贫困等外在压力,子君逐渐滋长起来的庸俗倾向,涓生对子君的自私态度等。其实,早在失业之前,他们都已感到自己的生活有如"鸟贩子手里的禽鸟一般,仅有一点小米维系残生……只落得麻痹了翅子，即使放出笼外，早已不能奋飞"。可见症结并非吃饭问题。子君原是一个善良纯真、稚气而勇敢的少女，她愿为她认识到的真理无畏地献出一切。她似乎已经做到了"我是我自己的，他们谁也没有干涉我的权利"。像出走后的娜拉，她已是可以"自由选择""自己负责"的了，然而她又能选择什么？除了"川流不息地吃饭"，养小狗，喂油鸡？显然，子君变得平庸并不是悲剧的原因，那使子君变得平庸的才是症结所在。涓生的自私是不是主要原因呢？其实，涓生也曾多次挣扎着不将"真实的重担"卸给子君，而奉献给他"自己的说谎"，多次对子君作出过"虚伪的温存的答案""将温存示给她，虚伪的草稿便写在自己的心上"，但换来的也仍然是子君的怨色和忧疑。

　　涓生和子君曾顽强地战斗过。当他们仗着个性解放、自由平等的武器并肩傲立于整个封建壁垒之前时，生活也曾闪耀过"辉煌的曙色"。正如鲁迅在散文诗《野草》中所塑造的"这样的战士"，他曾举起投枪，那阻挡着他们去路的一切也曾"颓然倒地"，他们仿佛成为胜者。表面看来，涓生和子君仿佛真是属于他们自己的了，谁也没有干涉他们的权利，仿佛也确乎没有什么人去干涉他们。然而，他们得到了什么？失业前是"仅有一点小米维系残生"的"鸟贩子手里的禽鸟"，失业后，一并失去那"维系残生的小米""像蜻蜓落在恶作剧的坏孩子的手里一般，被系着细线，尽情玩弄、虐待，虽然幸而没有送掉性命，结果也还是躺在地上，只争一个迟早之间！"是的，正如鲁迅所说："人必生活着，爱才有所附丽。"这生活是涓生一再强调的，必须是有"更新、生长、创造"的"人的生活"，而不只是"川流不息地吃饭"。他们何尝能"自己选择"？无非是鲁迅在《娜拉走后怎样》中提出来的那种被社会牵着线的傀儡罢了。他们毕竟没有"更新、生长、创造"的人的生活，爱情也就无所附丽。他们不是胜者，他们受骗了，堕入更深沉的黑暗，一并失了前进的方向。那曾使他们"希望、欢欣、爱、生活"的信念和理想在现实生活中碰得粉碎。他们绕了一个圈子，又回到原地点，就像《在酒楼上》的苍蝇。涓生终于说："我觉得新的希望就在于我们的分离，她应该决然舍去，我也突然想到她的死。""新的希望"竟在那抗拒整个封建壁垒而建立起来的，"满怀希望的小小的家庭"的破灭，竟是那涓生曾"仗着她逃出这寂静和空虚"的子君的离去或死亡；那好不容易才摆脱了的旧生活如今竟又成了苦苦追求的目的！涓生和子君就这样在"无物之阵中衰老、寿终……无物之物则是胜者"。这"无物之物"就是弥漫在周围的无所不包、无所不在的黑暗社会的无前途、无希望。它使子君不得不平庸，使涓生不得不冷酷，它使生活扭曲变形，全无出路。

当我作为极右派在农村"监督劳改"的时候，我常常想起《伤逝》，想起靠"一点小米维系残生"的"鸟贩子手里的禽鸟"，想起"被系着细线，尽情玩弄、虐待"的坏孩子手中的蜻蜓，想起那无所不在，而又看不见、摸不着，冠冕堂皇，无法反抗的"无物之阵"。回到北京大学，我就着手写了一篇《论〈伤逝〉的思想和艺术》，并十分傻气地将它寄给《人民日报》。我其实并不希冀它发表，我只是希望有人得知鲁迅的深刻性，有人会在生活中引起一些什么联想。出乎意料的是，《人民日报》竟通知我他们准备发表，并两次寄来了校样。当然，在最后终审时还是被刷了下来，终于未见天日，直到改革开放之时。

开辟了一个新的学术空间

我不是一个相信命运的人，但人的一生确实充满了偶然。1970年代中期，由于改革开放政策，北京大学招收了一些留学生，开始时是朝鲜和非洲学生，后来，欧美学生逐渐多起来。当时，大家都不大愿意给留学生上课。第一，谁都没有这样的经验，和外国人相处，会有很多麻烦，如果他们提些怪问题，怎么办？弄不好，就会被扣上"里通外国"之类的罪名；第二，外国人完全没有接触过中国文学，怎么讲都行，体现不出什么学术水平，今后升级、提职称之类，也占不了什么分量。第三，教学内容也很难安排，按老的一套讲，学生不会爱听，讲点新东西，又怕出错误。因此，大家都不太愿意去。我也因为没有什么讨价还价的余地，只好让干什么，就干什么，于是，开始去教一个留学生班的现代文学。我的这个班二十余人，主要是欧美学生，也有从澳大利亚和日本来的。

没有想到对这个留学生班的三年教学却全然改变了我后半生的生活！为了给外国学生讲课，我不能不突破当时教中国现代文学的僵死模式，否则就不会有人听我讲课。我大概是北京大学第一个在文化大革命后敢于讲徐志摩、艾青、李金发等"资产阶级"作家的教师。反正我的学生不会去打"小报告",也不会苛求我有什么"正确的政治观点",我可以比较自由地讲述我对这些作家的看法。为了让我的学生较深地理解他们的作品,我不得不进一步去研究西方文学对中国现代文学的影响以及它们在中国传播的情形。这一在学术界多年未曾被研究的问题引起了我极大的兴趣。我开始系统研究20世纪以来,西方文学在中国如何被借鉴和吸收,又如何被误解和发生变形。

除了鲁迅之外,我开始研究茅盾。我认为他是最早介绍西方文艺思想,并极力将其运用于中国文艺理论与实践的前驱。为了教学需要,我首先研究了茅盾对于中国现代作家作品的看法,发现他的批评标准多出自西方文艺思潮。1979年,我把他的许多散见各处的作家作品评论集纳为一本《茅盾论中国现代作家作品》,1980年1月在北京大学出版社出版。那时,北京大学出版社还刚刚成立,我这本书是该出版社出版的第一本书,也是我编写的第一本书。在研究茅盾引进西方文艺思想的过程中,我发现:如果说鲁迅早期关注的焦点在于如何使中国现代化,而又避免西方现代化的弱点,那么,茅盾早期最重视的,是如何以中国的实际需要为准则,批判地吸收外来的有益的东西。从一开始他就强调,对西方思想应"尽管挑了些合用的来用,把不合用的丢了,甚至忘却也不妨"。早在1921年,他就详细地介绍了泰纳的批评方法,认为泰纳根据"作家所属人种,作家所处时代的社会现象，政治现象及个人环境，和作家所处时代及所居社会内的主要思潮"这样的"三段方式"来进行文学批评，原是"正当而且精密的"，特别是对于校正中国文艺批评中"痴人说梦式的全然主观的批评论和谨奉古代典型而不敢动这二点而言"，更是有益的方法。但是，他同时也指出这样的批评方法没有注意到作家的主观条件，用他自己的话来说，就是："竟完全忽略了作家个性的重要与天才的直觉力……忘记了有时候，大作家亦能影响时代。"因此，茅盾在讲了"人种""时代""环境"三要素之后，又加了第四个因素——作家的人格。对于自然主义也是如此。茅盾很早提倡自然主义，认为敢于揭发黑暗，"不在丑恶的东西上面加套子"这一自然主义的真精神"终该被敬视"，同时，他又写了《曹拉主义的危险性》，提出"我们要自然主义来，并不一定就是处处照他"。20世纪初，作为知识界重要代表人物之一的茅盾，他对西方文化的看法，他对西方文本的解读和改写，都仍有深入研讨的价值。我在1980年写成的那篇《茅盾早期思想研究》后来发表于《中国现代文学丛刊》。

从对早期鲁迅和早期茅盾的研究中，我发现他们不约而同，都受了德国思想家尼采很深的影响。再进一步研究，发现这位一向被视为煽动战争、蔑视平民、鼓吹超人、罪大恶极的极端个人主义者的学说，竟是20世纪初中国许多启蒙思想家推动社会改革、转变旧思想、提倡新观念的思想之源。1904年，王国维最初将尼采介绍到中国。他认为尼采学说的核心是"破坏旧文化而创造新文化",为"弛其负担"(指旧传统之负担),而"图一切价值之颠覆",并"肆其叛逆而不惮"。他赞扬尼采"以极强烈之意志而辅以极伟大之智力",其"高掌远撫于精神界,固秦皇汉武之所北面而成吉思汗,拿破仑之所望而却步者也"。稍后,鲁迅在他写于日本的几篇文章中又多次称道尼采是"个人主义之至雄杰者",是"思虑、学术、志行"都"博大渊邃,勇猛坚贞,纵忤时人不惧"的"才士"。1915年,陈独秀在《新青年》发刊辞中,第一条就引用了尼采关于奴隶道德和贵族道德的论述;1918年,他在《人生真义》一文中又再次强调尼采"尊重个人意志,发挥个人天才"的主张。五四运动后,尼采的思想在中国就更广泛地传播开来。五四游行示威发生的当月,傅斯年就在《新潮》杂志上号召:"我们需提着灯笼沿街寻超人,拿着棍子沿街打魔鬼",赞扬尼采是一个"极端破坏偶像家"。同年9月,田汉在《少年中国》上详细介绍了尼采的早期著作《悲剧的诞生》。紧接着,茅盾在《解放与改造》杂志上发表了尼采名著《查拉图斯特拉如是说》中最富于批判性的两章《新偶像》和《市场之蝇》的译稿,并在序言中盛赞"尼采是大文豪,他的笔是锋快的,骇人的话是常见的"。1920初,他又写了全面介绍尼采思想的长篇专著《尼采的学说》在《学生杂志》第七卷分四期连载。同年8月,《民铎杂志》出版了"尼采专号",全面介绍尼采,驳斥了尼采是欧战罪魁的说法。9月,《新潮》第2卷第5期发表了鲁迅翻译的《查拉图斯特拉如是说》序言,并附有鲁迅对序言各节的解释。这时,郭沫若也很醉心于尼采,他曾因上海一家外国书店竟然没有尼采的《瞧!这个人》而大骂这家书店是"破纸篓"!1923年,他翻译了《查拉图斯特拉如是说》第一部全部和第二部一部分,在《创造周报》分三十九期连载,后因故中断。不久,郭沫若偶然到一个偏僻小镇参加一个小学教师的婚礼,新娘第一句话就是"我喜欢尼采的《查拉图斯特拉如是说》,为什么不把它译完呢?"可见影响之广。

鲁迅、尼采、茅盾

鲁迅与尼采思想上的联系是显而易见的，1930年代就有人尊鲁迅为"中国的尼采"，也有人将鲁迅的特点概括为"托尼学说，魏晋文章"，托尼即托尔斯泰与尼采之谓。鲁迅认为19世纪末叶，西方思想发生了很大变动，变动的原因首先是观念的变化，是当时的"大士哲人"要"矫19世纪文明之通弊"，"于是浡焉兴作会为大潮，以反动破坏充其精神，以获新生为其希望，专向旧有之文明而加之掊击扫荡焉"。在这些"大士哲人"中，最杰出的就是"深思遐瞩，见近世文明之伪与偏"的尼采。鲁迅在文章中引用了尼采在《查拉图斯特拉如是说》中的话："反而观乎今之世，文明之邦国矣，斑斓之社会矣，特其为社会矣，无确固之崇信，无作始之性质，邦国如是，岂能淹留？""无确固之崇信"就是只重物质而无精神上坚定的信仰，"无作始之性质"就是不少人随波逐流，无独创精神。尼采的这段话正是鲁迅把19世纪文明的通弊概括为"物质"和"众数"的由来。

针对这些通弊，鲁迅认为当前要务就是要"张灵明"而"任个人"。"张灵明"就是强调发扬人们内在的主观精神和坚强的意志力，能够"勇猛奋斗""虽屡踬屡僵，终得现其理想"，而"尼采，伊勃生诸人皆据其所信，反抗时俗，示主观之极致"，最高理想则在尼采所希求的"意力绝世，几近神明之超人"，和易卜生所塑造的"多力善斗，即忤万众不慑之强者"。"任个人"就是反对服从多数，重视个人特点。鲁迅追溯了19世纪以来个性主义发展源流，从力主个人主义的斯蒂纳、叔本华、克尔凯郭尔到易卜生，最后还是归结到尼采："若夫尼采，斯个人主义之至雄杰者矣。"鲁迅在写了这些话的十余年后，到了五四时期，他仍然认为尼采是"偶像破坏的大人物"，他不单是破坏，而且是扫除，是大呼猛进，将碍手碍脚的旧轨道不论整条或碎片一扫而空，而"旧象越催破，人类便越进步"。但这时鲁迅已感到尼采的超人"太觉渺茫"，虽然他仍确信"将来总有尤为高尚，尤近圆满的人类出现"，但也不必等候那"炬火"，而应该"能做事的做事，能发声的发声，有一分热，发一分光，就令萤火一般，也可以在黑暗里发一点光"。五四以后，鲁迅仍然在许多著作中提到尼采。例如1929年，把尼采、歌德、马克思并列为伟大人物，1930年因尼采的著作只有半部中文译本而深感遗憾，1933年，在鲁迅的《由聋而哑》中，他又用尼采创造的、与超人对立的"末人"这个概念来说明阻断青年与外界的接触，"用秕谷来养青年，是绝不会壮大的，将来的成就且要更渺小，那模样可看尼采所描写的末人"，他大声指责企图进行思想统治的人正是"要掩住青年的耳朵，使之由聋而哑，枯涸渺小，成为末人"。直到1934年,鲁迅才和尼采有了明显的决裂。在《拿来主义》中,他说"尼采就自诩过他是太阳,光照无穷,只是给予,不想取得。然而尼采究竟不是太阳,他发了疯"。

茅盾接触尼采较鲁迅晚一些。1917年,茅盾在他的第一篇论文《学生与社会》中以尼采思想为武器,反对旧道德、提倡新道德时,还只是二十一岁。他认为尼采"最大也是最好的见识",就是"把哲学上一切学说,社会上一切信条、一切人生观、道德观重新称量过,重新把它们的价值估定……扫荡一切古来传习的信条,把向来所认为绝对真理的根本动摇"。但是,茅盾并不同意尼采关于道德趋势的断语。他认为宣扬强者崇高伟大、理应压迫弱者是不对的。相反,弱者应该自强不息,成为强者。茅盾深感"民族气质的衰颓已到极点",期望尼采的超人学说将有助于改造颓靡的国民性。因此,他特别赞赏尼采所说的"不应该屈膝在环境之前,改变自己物质构造去适应环境,以求生存"。在寄生虫的社会里,绝不应该以"适者生存"为原则,去做一个又肥、又圆滑的寄生虫,而是要彻底改变,力求超越。唯其如此,人才能摆脱猪和狗一样的只是求生的生活。茅盾认为尼采所说"人类生活最强的意志是向权力,不是求生""实在有些意思",但对茅盾来说,这绝不是崇拜强权,茅盾说:"唯其人类有这向权力的意志,所以不愿做奴隶来苟活,要不怕强权去奋斗。"这显然和尼采的原意已有很大不同。

尼采在中国的影响始终不断。1940年代初期,陈铨、林同济、雷海宗等人创办了《战国策》半月刊,又在重庆《大公报》开辟了《战国》周刊。他们多方面宣传尼采,把他的学说应用到政治、社会、道德、文艺等各个方面。其中,著述最多的是陈铨。他的专著《从叔本华到尼采》曾被称为"中国唯一阐明意志哲学的书"。这本书不仅介绍了尼采思想的发展过程,而且讨论了"尼采的政治思想""尼采的道德观""尼采的无神论""尼采心目中的女性"等专题。陈铨的第二本专著《文学批评的新动向》则力图以尼采思想来解决文艺问题。全书以德国狂飙运动为"异邦的借镜",以意志哲学为"伟大的将来",分析了"民族运动与文学运动""盛世文学与末世文学""中国文学对于世界的贡献""尼采与红楼梦""叔本华与红楼梦"等很有意思的问题。他的结论是:"人类的自我已经发现了,世界已经转变了;天才、意志、力量是一切问题的中心……我们再不要任何外在的规律来束缚我们自己,我们要根据内在的活动去打开宇宙人生的新局面。"

总之,尼采学说正是作为一种"最新思潮"为中国知识分子所注目。尼采对西方现代文明的虚伪、罪恶的揭露和批判,对于已经看到并力图避免这些弱点的中国先进知识分子来说,正是极好的借鉴。他那否定一切旧价值标准、粉碎一切偶像的破坏者的形象(这种形象在中国传统社会从来未曾有过),他的超越平庸、超越旧我,成为健康强壮的超人的理想,都深深鼓舞着正渴望推翻旧社会、创造新社会的中国知识分子,引起了他们的同感和共鸣。无论从鲁迅塑造的狂人所高喊的"从来如此——便对吗？"的抗议，还是郭沫若许多以焚毁旧我、创造新我为主题的诗篇，都可以听到尼采声音的回响。这就是尼采在中国知识界有着不可磨灭的影响的原因。但是尼采学说本身充满了复杂混乱的矛盾，包含许多非理性因素，他的著作如他自己所说，只是一个山峰和另一个山峰，通向山峰的路却没有，也就是说，缺少清晰的推理程序和逻辑论证；各种隐晦深奥的比喻和象征都可以被随心所欲地引证和曲解。因此，尼采的学说在不同时期也就被不同的人们进行着不同的解读和利用。

事实就是事实

1981年，我总结以上情况而写成的这篇《尼采与中国现代文学》在北京大学学报发表，引起了相当强烈的反响。在教条主义者看来，尼采从来就是一个帝国主义走狗、反马克思主义者、极端个人主义分子。怎么能将鲁迅、郭沫若、茅盾等进步作家的名字和这样一个恶人联系在一起呢？然而，事实就是事实。客观地说，这篇文章，不仅引起了很多人研究尼采的兴趣，而且也开拓了西方文学与中国文学关系研究的新的空间。1986年，北京大学第一次学术评奖，这篇文章还得了一个优秀论文奖。事隔五六年，还有人记起这篇文章，我很觉高兴。后来，它又被选进好几种论文集，并译成英文和朝鲜文。

与研究尼采同时，我又编译了一本《国外鲁迅研究论集》。由于和留学生接触，我看到了许多国外研究鲁迅的论文，我的英语也很有长进。二十年的封闭和禁锢，我们几乎和国外学术界完全隔绝，我在这些论文中真像发现了一个新天地。我感到这些论文有某些共同特色。首先是在广阔的背景上进行广阔的比较。例如谈到鲁迅的思想变化时，把鲁迅和一些表面看来似乎无关联的西方知识分子如布莱希特、萨特等人进行了比较，指出他们都甘愿牺牲舒适的环境去换取不确定的未来；他们都不相信未来的"黄金世界"会完美无缺；也不想从他们正在从事的事业索取报偿；他们理性的抉择都曾被后来的批评家们误认为一时冲动或由于绝望，甚至是受了"现代符咒——革命"的蛊惑！这样的比较说明了鲁迅的道路并非孤立现象，而是20世纪前半叶某些知识分子的共同特色。其次，有些文章注意从历史发展中对鲁迅的思想和艺术进行纵的考察，他们认为鲁迅跨越了新旧两个时代，他既不完全代表新，也不完全代表旧。他对未来，既不像胡适那样乐观，也不像周作人那样悲观。他同时受着三味书屋、诗云子曰的"大传统"，和百草园、无常、女吊等"小传统"的影响；他恨旧中国，同时，深爱着她那久远文化的许多方面；唯有鲁迅最生动地代表着新与旧的冲突及其他超越历史的更深刻的矛盾。鲁迅把希望寄托于暴君的铲除，同时又感到暴君的臣民比暴君更暴虐，他把矛头指向被压迫者，同时又怵目于几乎所有的人都在设法寻求比自己更弱小的牺牲品来加以压迫。第三，这些论文对鲁迅作品的艺术技巧进行了精微的分析，诸如鲁迅作品的意象和象征，时间的框架，叙述的角度，视点的转移，作者与叙述者的距离，讽刺和写实的模式，以及性格反语，描述性反语等都得到了讨论。

这部包括美、日、苏、加拿大、荷兰、捷克、澳大利亚七个国家，二十篇文章，并附有《近二十年国外鲁迅研究论著要目》(二七〇篇)的《国外鲁迅研究论集》,1981年在北京大学出版社出版,显然对国内鲁迅研究起了开阔视野,促进发展的作用。

我的这些工作,特别是那篇《尼采与中国现代文学》,很得到我的留学生班上的一位美国同学的赞赏。她的名字叫薇娜,是第一批正式来中国留学的美国学者,当时已是很有成就的年轻历史学家。她对尼采懂得很多,并借给我许多有关尼采的书,我们在一起谈了很多,成为很亲密的朋友。她回国后,在美国威斯里安大学教书,这所大学就在波士顿附近。我想一定是由于她的提及,哈佛大学的哈佛—燕京学会的负责人才会在1981年5月到北京大学来和我见面。对于这次见面我丝毫没有准备,谈话的内容主要是有关尼采。我的英语从未经过正规训练,只有一点中学的基础,看看小说还可以,谈深奥的学术问题,根本就没门儿。

没想到,哈佛燕京基金会竟给我提供了到哈佛大学进修访问一年的机会。从此,我的生活又有了一个新的转折。

5　大洋彼岸

我写那本书的时候,
只是想留下一页真实,
让后来的人们知道,
曾经有这样一段历史时期,
人们竟是这样生活,这样思考,这样感觉的!

哈佛印象

1981年8月的一个傍晚,我终于到达了纽约肯尼迪机场。我带了两大箱东西,从内衣、内裤、信封、笔墨、肥皂、手纸,直到干面条。人们说,在美国一切都贵,把美国钱换算成人民币,对我来说,这些东西的价值全都是天文数字。但机场却不像我曾被告知的那样恐怖。没有戴红帽子的黑人来强推我的行李,勒索要钱,海关官员挺友善,并没有提什么让人发窘的问题,检查行李的人也不曾把箱子翻一个底朝天。最高兴的是,出门一眼就看见了来接我的年轻朋友,并不曾像我在梦中多次被吓醒时那样,迷失在随时都有可能进行奸淫掳掠的陌生人群之中。

纽约给我的第一个印象是新奇。薇娜的车停在几十层的高楼上,我们得乘电梯上去,再把汽车开下来。沿路看不到一个人影,只有五颜六色、高速奔驰的汽车。在路边的小餐馆里,我吃了我的第一个汉堡包。这个普通的餐馆也同样使我惊奇,这里没有想象中的灯火辉煌,也没有一般美国电影里酒吧中震耳欲聋的摇滚音乐,更没有中国餐馆中的人声嘈杂。一个个小小的枣红色玻璃灯罩在每一张餐桌上掩护着一支小小的蜡烛,发出柔和的光；就餐的人不少，餐厅里却静得出奇；不知道从哪里传来了幽幽的古典提琴曲。我的心充满了宁静。这和我预期的第一个纽约之夜是多么不同啊！唯一使我纳闷的是，从纽约到康涅狄克州的中途城总共几小时路程，我们却不得不停了九次车，丢下"买路钱"才得过关。我问薇娜，何以不一次交掉，何以不买一张通行证，一路开过去呢？薇娜也说不出所以然。

我在薇娜家里住了三天，这对我身心方面的调节太重要了，我对此至今仍然感激。当时薇娜尚未结婚，她独自占据了一幢小白楼的第二层。她的书房堆满了书、杂志、报纸，凌乱不堪，稿纸、软盘、香烟头遍地都是。她就这样每天扒开一小片空间，夜以继日地在计算机前写作。她吃得也很简单，早上把香蕉、牛奶往搅拌机里一倒，黏黏糊糊，配上一片面包；中午一律是蔬菜香肠三明治；晚上才做一点熟菜。她不舍得花时间。相比而言，中国人用在吃饭上的时间实在是太多了！我们生活的节奏太慢，许多时间白白地溜走了。和薇娜在一起，会有一种时间紧迫感，只想赶快抓紧时间、赶快工作。

第二天是中秋节，薇娜、薇娜的男朋友贾森、贾森的小儿子加维和我一起在宽阔的绿草地上看月亮，我请他们吃北京带来的月饼。六岁的加维非常懂事，他显然不喜欢这种过甜的异国食品，但只是客气地说等一会再吃。他一直在努力教我识别美国五分、十分、二十五分的镍币，但却解释不清何以五分镍币反而比十分镍币的个儿大，并因此很着急。加维的父母已离婚，他每个周末都要到波士顿去看母亲，这时父母各驾车走一半路程，在一个约定的中点把孩子像货物一样交给对方。我为加维很难过。在后来的日子里，如果说美国有什么令我震惊，那就是离婚！全部我的好朋友几乎都有离婚的经验。我认为这种离婚对女人特别不公平。美国和中国不同，根本无法找到便宜的劳动力充当保姆，老一代人又绝不愿插手第三代的抚育工作，母亲往往只好抛弃职业和学习，以保证父亲的功成名就。十五年后，父亲多半有了巩固的地位，母亲却再难返回社会，找到自己的职业。于是，夫妻之间出现了落差。丈夫说，是的，我们曾有过甜蜜的过去，你给了我儿子，但却不能再给我青春。他身边环绕着崇拜名人的年轻女人，重新组织家庭，真是易如反掌！我不能指责这样的男人，他们中间有很多是我敬重的朋友。确实如他们所说，人生转瞬即逝，既然婚姻索然寡味，为什么要为它牺牲掉自己的后半生？然而，女人终究太倒霉了！她们一般不大可能找一个比她们年龄小很多的人作丈夫，十几年拉扯大的孩子，一上大学，就要搬出去住，唯恐母亲干扰了自己的生活。于是很多中年妇女出现了所谓空巢综合症。记得作家王蒙来哈佛大学访问时，我曾和他谈过这个问题，他哈哈大笑，说中国绝无空巢综合症，有的只是满巢爆炸症。房小人多，大家都忙得团团转！确实中国知识妇女较少抛弃职业，男人也做较多家务，一般来说，他们没有很多时间去浪漫地找回青春。我绝不是说中国知识分子的婚姻生活都很美满，只是道德、舆论、生活条件、法律，都使离婚不那么容易，中国人也较能忍耐，得过且过，不到万不得已，也就懒得离婚。这对某些急于离婚的妇女也许造成了很多不幸，但也保障了更多妇女不至于无家可归。

在美国，先看说明书

也许是受了薇娜的感染，我一心想赶快到哈佛大学安顿下来，开始我的研究工作。在哈佛大学最惊心动魄的一幕，就是迷失在大图书馆的地下室。到哈佛大学的第一天，办完一切手续，已是下午四点多，我迫不及待地一头钻进久已向往的哈佛大学图书馆，乘电梯一直下到最底层，心想一层一层逛上去，大概总能看到一个图书馆的全貌。这最底层已是地下室的第三层，全靠纵横交错的路灯照亮。需要看哪一格，再开那一格的灯。这最下一层收藏的，全是旧报纸，我一路看过去，想找找看有没有中国的旧报。据说，国内找不到的许多旧报纸都能在此发现，而我最感兴趣的是1920年代大革命前后的旧报纸。我越走越深，终于完全迷失在密密麻麻的书架之中，再也找不到归路，电梯似乎已从地球上消失！我乱转了一个多小时，还是一无所成。我开始害怕起来，不会有人知道我在这里，学校还没有开学，宿舍里本来就空空荡荡，谁会来救我呢？万一到了下班时间，灭了灯，一个人待在这万丈深渊的漆黑中，怎么办？（我以为和中国一样，下班后要关掉电源）我转来转去，肚子饿得要命，中饭本来就没有好好吃。忽然看见一具电话,我像看到了大救星一样直奔过去,但是,身边一个电话号码也没有,况且人生地不熟,办公室早已下班,我又能给谁打电话?如果说有什么文化惊吓,我可真感到了惊吓!我靠墙坐在地上,又累又饿,黔驴技穷,一筹莫展,差点要哭出来!也不知就这样坐了多久,忽然听到脚步声,我连忙站起来。来的是一个年轻人,和蔼可亲。他大约见我一脸惊惶,就主动问我遇到了什么困难。我觉得很难为情,嗫嚅说,我迷失了出去的路。他一定觉得很好笑,告诉我转一个弯就是电梯,又教我地上的红线、黄线、绿线是什么意思,沿着这些路线走,绝对不会错,又告诉我图书馆门口有多少种说明书,应该事先读一下。我得到了一个教训,在美国无论作什么,都必须先看说明书。

我始终怀念在哈佛大学的那些日子,特别是那里的学生宿舍。每个宿舍都是一个很大的庭院。我居住的洛威尔之家(Lowell House)就是四面宿舍,中间围着一块很大的绿草坪,大约有二百多学生,其中有本科生、研究生,也有个别年轻教员。研究生就在宿舍的小教室里给本科生开辅导课,并从各方面指导他们,成为他们的榜样。宿舍总负责人极力营造一种家庭气氛。每周四下午四点都有家庭茶会,夫人自己烘焙的小饼干香气四溢。一只毛茸茸的大狗懒洋洋地躺在客厅里,宿舍里的任何人都可以去吃几片饼干、喝一杯咖啡,和不时来参加茶会的教授或高级领导们聊几句。每星期三晚上有极其热闹的冰淇淋宴。这时,餐厅里摇滚乐震耳欲聋，几十种冰淇淋随便吃。据说，有一位校友在哈佛大学读书时，家里很穷，买不起自己很爱吃的冰淇淋，后来发了财，就设了一笔基金，用其利息每周请同宿舍的室友们大吃一顿冰淇淋，爱吃多少吃多少，免费！星期五晚餐有高桌（High Table），餐厅舞台上摆起一溜大长桌，铺上雪白的桌布。在这个宿舍住过的教授或年轻教师围桌而坐，这时，洛威尔之家的钟楼准时响起了悠扬的钟声。饭后，教师们就会很自然地到学生中去，和他们随便聊天。这些当然都只是一种形式，但我深深领悟到所谓哈佛传统，就是在这些不断重复的仪式中代代承传。

我在哈佛大学的一年并没有很好地开展研究工作。我白天忙于听课，晚上到英语夜校学习。我主要听比较文学系的课，这门学问深深地吸引了我。曾经是这个系的主要奠基人的白璧德教授（Irving Babitt）曾大力提倡对孔子的研究，在他的影响下，一批中国的青年学者，如吴宓、梅光迪等开始在世界文化的背景下，重新研究中国文化。当时的系主任克劳德·纪延（Claudio Guillen）也认为只有当东西两大系统的诗歌互相认识、互相关照，一般文学中理论的大争端始可以全面处理。我真为这门对我来说是全新的学科着迷，我借阅了许多这方面的书，又把所有能积累的钱都买了比较文学书籍，并决定把我的后半生献给中国比较文学这一事业。

时日飞逝，一年很快就过去了。我觉得自己还刚入门。特别是1982年夏天,应邀在纽约参加了国际比较文学学会第十届年会之后,我更想对这门学科有一个更深入的了解。因此,尽管学校多次催我回国,我还是决定在美国继续我的学业。恰好加州伯克莱大学给了我一个访问研究员的位置,我于是不顾一切,直奔美国西部。

伯克莱的阳光

我在哈佛大学已被那里的温文尔雅所濡染，新英格兰地区的一切，都是那样富于传统、绅士风度。到了西部似乎又经历了一次灵魂的大解放。记得参加纪延教授的讨论课时，每到四十五分钟，秘书一定准时端上一杯咖啡，并照例要说："教授，请喝咖啡。"于是课间休息。在伯克莱大学听第一课，忽听得背后呼哧作声，回头一看，坐着一只大狗！这里学生带狗上课好像习以为常。教授上课，有时就跨坐在桌子边，学生爱发问就发问，师生之间无拘无束，常开玩笑，更没有什么女秘书来送咖啡。学校里热闹得很，全不像哈佛大学那样安静。广场上，有讲演的、有玩杂耍的、有跳霹雳舞的、有穿黄袈裟剃光头、高呼"克利希纳"蹦蹦跳跳的，还有一位女诗人每天总在一定的时候出现，穿一身黑，沿路吹肥皂泡。校门口到处都是卖食物的小摊，各国食品都有，简直是个国际市场。这里的人们似乎都不喜欢在食堂吃饭，大家都愿意把饭端到温暖的阳光下来吃，我和他们谈起哈佛大学的高桌，他们全都嗤之以鼻，仿佛我是一个傻瓜。其实，比较起来，我更喜欢伯克莱，我觉得这样更适合我的本性。

在伯克莱，我觉得自在多了。人们都很随便，几乎看不见什么西装笔挺、装模作样的打扮。我的学术顾问是著名的跨比较文学系和东亚系的西里尔·白之教授。他对老舍和徐志摩的研究，特别是对他们与外国文学的关系的研究都给了我很大的启发。他对元明戏剧传奇的研究也开拓了我全新的学术视野。我很喜欢参加白之教授的中国现代文学讨论班。印象最深的是有一次讨论赵树理的小说《小二黑结婚》。同学们各抒己见，谈谈各自对书中人物的看法。一位美国学生说，她最喜欢的是三仙姑，最恨的是那个村干部。这使我很吃惊，过去公认的看法都认为三仙姑是一个四十多岁，守寡多年，还要涂脂抹粉，招惹男人的坏女人；村干部则主持正义，训斥了三仙姑。但这位美国同学也有她的道理：她认为三仙姑是一个无辜受害者。她也是人，而且热爱生活，她有权利追求自己喜欢的生活方式，但却受到社会的歧视和欺压；村干部则是多管闲事，连别人脸上的粉擦厚一点也要过问，正是中国传统的父母官的模式。我深感这种看法的不同正说明了文化和社会价值观念的不同。这种不同不仅无害，而且提供了理解和欣赏作品的多种角度。正是这种不同的解读才使作品的生命得以扩展和延续。这个讨论班给我提供了很多这类例子，使我在后来的教学中论及接受美学的原理时有了更丰富的内容。

在白之教授的协助下，我在伯克莱写成了一本《中国小说中的知识分子》，这是我得到伯克莱大学奖助金所承担的义务。后来，这本书作为伯克莱大学东亚研究丛书之一用英文出版。我对白之教授怀着很深的友情，特别是他对他的妻子是如此的一往情深！他们青梅竹马，年幼时就在英国的农村相识，经过几十年颠沛流离，爱情却始终如一。当然也许已不是那种年轻人的激情，但从他们的眼睛里，可以清楚地看到那种理解、信任、温存和爱。前几年，听说白之夫人得了重病，白之教授已辞去职务，和夫人一起隐居在伯克莱山中。记得当时白之教授带我在伯克莱爬山时，我曾问起他对老年和死亡的看法，他很豁达，隐居正是他的计划中事。白之教授夫妇使我对美国知识分子的婚姻生活有了另一种看法。

通过白之教授的介绍，我见到了心仪已久的刘若愚教授。他邀请我到斯坦福大学去作一次讲座。我们一见如故，课后他请我吃饭，在座只有我们两人。他喝了很多很多酒，我原来就觉得他是魏晋名士中人，进一步接触，更有这种感觉。由于我不会喝酒，他很嘲讽了我一番。他说，没有酒，哪有诗？他一边自斟自酌，一边很高兴地和我闲聊。酒和友情常常使人容易打开心扉。刘若愚教授告诉我他的妻子是英国人，如今已离异，远居英伦。他们的女儿已长大成人，今年考大学。他希望她上哈佛大学，但她却一心要去英国寻找母亲。沉默了很长一段时间，我也不知道该说什么。又喝了两三杯，他告诉我女儿患有白血病，脾气很怪诞。饭后，刘若愚教授邀请我去他家喝一杯咖啡。他一进门就喊女儿的名字，但没有人答应。房间很大，显得十分空旷，一只小黑猫在咖啡桌上打瞌睡。这里的气氛和白之教授温暖的家简直太不相同了！虽然房子的外表同样是美丽的洋房、宽阔的草坪。刘若愚教授在学术上卓有成就，几乎所有研究中国文学理论的人，都不能不参考他的《中国诗学》和《中国文学理论》。像他这样一个绝顶聪明，极富生命活力的人如何能忍受那样的孤独、寂寞，以至空虚！数年后，我在加拿大得知他去世的噩耗，不禁潸然泪下。他还没有活到六十岁，真是英年早逝！今天，我进一步研究比较诗学时，一翻开他的书，他的音容笑貌，还总在心中缭绕。

卡罗琳一家

当然，在伯克莱最难忘的，还是卡罗琳一家。卡罗琳不懂中文，我的英语完全不足以表达我的心灵；但我们却能完全相互理解，这不能不说是一个奇迹。卡罗琳是一个非常富于感情的人，她对我的遭遇深感同情。我也十分喜欢她那原来很和美的家。我感到自己很久以来，已很少和人有这样深的内心交往。国内几十年的阶级斗争，使得人与人之间树起了很多难以突破的屏障，多少想象不到的告密、叛卖总是使人不想倾吐内心。在国外，没有这些痕迹，倒是较为容易进入彼此的心田。我深爱卡罗琳的小女儿，她来到这个世界只有几个月，已是非常任性，眼睛闪耀着野性而热烈的、充满生命活力的光。她和我所熟知的中国孩子极不相同。后来，我慢慢领悟到，这种差别也并不是天生的。孩子刚生下来，按照中国传统习惯，我们总要用带子把婴儿捆绑几天，母亲们说，这样孩子的身体才会笔直不弯。美国母亲却从来不捆她们的孩子，而让他们仰面朝天、手脚乱动。卡罗琳总是让她的女儿在地上乱爬，我最看不惯。孩子弄脏手怎么办？孩子拣脏东西放进嘴里怎么办？孩子把指头伸进电源插头怎办?卡罗琳却说她宁可把地板擦干净,把电源插头封死,在高处另安插头。孩子稍大,卡罗琳开始没完没了地问小女儿每顿饭愿意吃什么,每次都有四五种花样供她选择,并从不喂她,很早就让她自己吃,每次吃饭都是弄得满脸、满手、满地,爱吃多少就吃多少。中国可不是这样。记得小时候吃饭,母亲总要告诫我们:不许挑三拣四,做什么吃什么,不许剩饭。美国孩子大多数两三岁还一天到晚绑着尿布,我不无自豪地对卡罗琳说,中国小孩三四个月就不再用尿布了,父母严格训练他们按时大小便。卡罗琳却说这种训练侵害了孩子的自由发展,养成了中国人过早控制自己的、压抑的性格!尽管我们有许多分歧和争论,我仍然十分怀念那些美好的日子。我的住处就在卡罗琳家附近。我们大清早,在孩子们起床前,沿着伯克莱山脊跑一段,然后,我回家念英语,她回家做早饭,打发大孩子上学。九点钟我们坐下来一起写作,小女儿就在脚边乱爬。

我没有想到我的那本二十年回忆录会出版,我写那本书的时候,只是想留下一页真实,让后来的人们知道,曾经有这样一段历史时期,人们竟是这样生活、这样思考、这样感觉的!那时还是1982年,谁也不知道中国会朝着哪个方向发展,也不知道说了这些实实在在的真话会得到什么结果。卡罗琳告诉我,美国银行开办一种业务,你可以在那里租一个小信箱,把你的秘密安全地放在那里,所花的钱并不很多。卡罗琳还答应帮助我照管,也许等到我死后再把这些话说出来。于是我们每天早上坐下来写我的回忆。这本书能写出来，也真是一个奇迹。卡罗琳完全不懂中文，而我的英文也常常支离破碎，词不达意。也许我们依靠的正是内心的理解和感应。卡罗琳从不厌倦地提出各种各样问题，从我的真诚而不免散漫的回答中努力捕捉我的思绪。当时并不考虑出版，说话也就随兴之所至，没有什么顾虑。没有想到中国发展这么快。两年过去了，似乎去银行租一个小信箱的计划已没有什么必要。1984年，就在我回国前夜，我和卡罗琳决定将这本书交美国加州大学出版社出版，书名就定为《面向风暴》。

由于我确实毫无讳饰地真诚袒露了我的心，这本书得到了许多人的同情。1985年一出版就引起了出版界的重视。美国的《纽约时报》《洛杉矶时报》《基督教科学箴言报》，英国的《伦敦电讯报》、德国的《法兰克福邮报》、加拿大的《汉米尔顿邮报》等二十多家报章杂志都先后发表了书评，给予相当高的评价。第二年，德国著名的谢尔兹出版社出了德文版，书名改为《当百花应该齐放的时候》，内容没有什么改动。同年，这本书荣获美国西部最高的"湾区最佳书籍奖"，我想这主要应该归功于卡罗琳优美而流畅的文笔。最令人高兴的是，事隔八年多，这本书竟还能引起日本著名汉学家、东京大学教授丸山升先生的兴趣。在他的亲自关怀下，丸山松子夫人和原在我任教的留学生班就读、现在横滨大学教书的白水纪子小姐，已合作将此书译成日文，日本岩波书店于1995出版。我认为这本书的价值就在于真实。正如著名的国际友人，1930年代在中国工作过十余年的约翰·谢维斯在为本书所写的长序中所说:"这本书之所以伟大,就在于它远不是一系列恐怖事件的记录,她的叙述真诚而敏感,在她看来,错误并不都在一面,而是由于许多个人无能为力的、错综复杂的历史的机缘所造成。作为一个坚忍不拔、蕴藏着无限勇气和力量的女人,作为一个永不屈服的母亲,在不可思议的痛苦和考验面前,她保存了她的家庭,她的孩子和她自己的未来……她的骇人的经验给了我们一个人类不屈灵魂的例证,其意义远远超越具体的时代和地区。也许她经历的事件很难和别的地方相比,然而哪一个国家又不曾有过充满着无法容忍的暴力的历史阶段呢?"我想,正是他所说的这些原因,这本书一直被很多大学选作讲授中国现代史的补充教材,至今我还常常收到国外学生寄来和我讨论一些有关问题的远方来信。

我的第一本英文学术著作

我在伯克莱的另一收获是写了《中国小说中的知识分子》一书。这本书企图从古到今,通过《世说新语》《浮生六记》,茅盾的《蚀》和《虹》,路翎的《财主的儿女们》和王蒙的《布礼》等六部作品来讨论中国知识分子的某些共同遭遇和特点。我认为小说写的并不是史实,但却有重要的社会史料价值。小说不仅呈现它所描写的那个世界,而且提供作者的理想、价值观念和追求。这几部作品时间跨度很大,所反映的人物和社会面貌极不相同,但仍有很多相通之处。

首先,这些作品的作者都经历过复杂的生活,对现实不满,希望通过写作对生活进行探索或发泄心中的不平。《世说新语》的作者刘义庆因为"世路艰难,不复跨马",这才"招聚文学之士"写成这部文集;《浮生六记》是作者沈复经历了种种家庭和社会变故之后,对过去生活的回顾;《蚀》写于中国北伐革命失败,作者深感幻灭,而努力探索新路之际;路翎写《财主的儿女们》,反映了作者在抗日战争的民族危机中,既绝望于国民党,又怀疑共产党,在这两大权力中进行的痛苦挣扎;《布礼》则是王蒙当了二十年被压在社会最底层的右派之后对生活的思考。

其次，这些作品所写的知识分子主人公虽生活在不同时代，思想感情各异，但若仔细追寻，仍不难发现他们之间的某些精神联系和共同价值标准，如"以德抗位""以情抗礼"等等。以道自任，抗礼王侯是中国知识分子的可贵传统。《世说新语》中的许多故事都是描写知识分子如何以自己的德傲视王公贵族的。《浮生六记》的主人公虽不如魏晋名士那样目空一切，但他给自己和朋友规定了绝对不谈"官宦升迁，公廨时事，八股时文"，这也是一种抗拒。《蚀》的主人公们进行着各种试探，但有一点绝不妥协，那就是绝不与"在位者"合作。《财主的儿女们》写的青年音乐家为坚持自己的理想和道德原则，宁愿被豪强压得粉碎，也不向现实低头。《布礼》的情形有所不同，振兴民族的热望使1950年代的知识分子无条件地跟随共产党，但对真理的追求，却使他们成了右派。情的概念是在与礼的对立中产生的。《世说新语》中写了很多粉碎束缚人类本性的礼制而以真情为行为准则的故事。这些人物都以为"情之所钟，正在我辈"，并以"不崇礼制"而自豪。《浮生六记》全书写的是两位主人公爱真爱美的精神，以及他们之间的一片真情及与旧礼教发生的冲突矛盾。《蚀》写中国知识分子引入西方个性解放思潮后，在"以情抗礼"这一传统中所引起的变化和发展。《财主的儿女们》写的是主人公追求个人道德的超越，按自身的情和性行事，而招致灭亡的悲剧。《布礼》则写个人的真挚感情在强大政治压力下所发生的变态。

另外，这几部作品都反映了一些外来文化传入中国的情形。外来文化的传入，常常是以知识分子为媒介的。对中国来说，大规模吸收外来文化有三次高潮：第一次是魏晋佛教的传入；第二次是"五四"前后欧美文化的影响；第三次是通过俄国和日本（主要是俄国），对马克思主义的大规模引进。在《世说新语》中有许多关于名僧与名士往来的故事，从这些故事中可以看到佛教是在中国政治、经济、文化都相当发达的情况下传入中国的。当时的名僧，有许多是出自世家大族的知识分子。开始时，他们往往以佛教依附于中国的传统文化，然后按中国社会的需要和中国传统文化的精神加以选择、修正，促成新的发展，建设了不同于印度佛教的中国佛教。《蚀》相当成功地描写了五四时期一些知识分子迷失于中西、古今之间的情景。当时，中国社会存在着严重危机，欧美文化与其强大的经济、政治、军事力量俱来，而中国思想界虽已有不少先驱，但仍然缺少适合时代需要的自己的强大思想体系。因此，当时的知识分子多处于一种难于主动选择的被动状态。或认为西方文化一切都好，或出于担忧自身文化的毁灭而拒斥新思想的传入。这种情形在《财主的儿女们》中得到了进一步、更复杂的反映：它描写了不同类型的知识分子在托尔斯泰、尼采、罗曼·罗兰等人的复杂影响下的挣扎，以及他们不断企图回到传统文化，在"中庸""自然"中寻求解脱的情景。从《布礼》中我们则可以看到马克思主义在中国取得统治地位的前因后果。任何真理发展到极端都会成为谬误,在《布礼》中,我们可以看到在一种极端的情况下,这种谬误如何对现实和理论本身都产生了损害和歪曲。

知识分子是一个含混的概念

当然,除了以上谈到的精神上的相通而外,这些知识分子又都体现着不同的时代特点。《世说新语》写得最好的是那种强壮、健康、擅长音乐、会骑马、崇尚自然、不拘细节、充满自信、傲视王侯的知识分子,他们是和后来的传统知识分子形象——白面书生全然不同的人物。《浮生六记》的主人公属于封建末世,手无缚鸡之力、不通事务、任人欺凌,总是容忍退让,只能逃遁于大自然的弱者,但他们仍能在困苦之中领略中国文化所曾创造的微妙情趣。《蚀》所描写的知识分子是大都市和现代革命的产物,他们不再是依附于土地的地主知识分子,而成为靠知识为生,四处流动的城市人。他们面向整个世界思潮而较少中国传统势力的影响。他们的特征正是这种不曾扎根,尚未定型的表面性和流动性。《财主的儿女们》的主人公则是深沉的个人主义者,他以个人奋斗、个性解放的原则为前导,与中国社会相撞击而产生了种种无法调和的矛盾。《布礼》所写的是新中国新的一代,他们的激情和弱点,生活和命运概括了一个特殊的历史时期。当然,所有这些知识分子并不足以代表整个知识分子阶层,但他们的不同特点鲜明地刻画出了这一阶层在不同时期的不同方面。

在中国大陆,知识分子是一个很含混的概念。按1979年版《辞海》的定义,凡"有一定文化科学知识的脑力劳动者,如科技工作者、文艺工作者、教师、医生等"都可称为知识分子。西方关于知识分子的概念较为严格。我认为法国社会学家艾德加·莫林提出的有关知识分子概念的三个方面比较精确。那就是:第一,从事文化方面的职业;第二,在社会政治方面起一定作用;第三,对追求普遍原则有一种自觉。这与中国传统对士的看法有一定相同之处。中国古代早有"通古今,辨然否,谓之士"的说法,意思是说通晓古今知识,并据以明辨是非的人就叫做知识分子。这显然与莫林的第一点相通。中国知识分子一向主张"穷则独善其身""达则兼善天下",他们总是企图用自己的政治行为或道德修养来影响社会,这和莫林的第二点类似。至于莫林的第三点:自觉追求普遍原则,不与眼前的政治利益妥协,这在中国知识分子中,也是有传统的。孟子在谈到士时,总是把德和位、道和势对立起来。一般说来,德和道是知识分子的理想和原则,位和势则是代表当前利益的政治权力。明儒吕坤明确提出:"势者,帝王之权也;理者,圣人之权。"圣人是知识分子的最高代表,是帝王之师。一方面是德、道、理,另一方面是势和位,这种对立正是如连·本达所强调的"知识分子理想的绝对性,禁止他和政治家难于避免的'半真理'妥协"。卡尔·曼海姆认为,作为知识分子,就应保留一点创造性不满的火星,一点批判精神，在理想与现实之间保持某种张力。中国传统知识分子所提出的知识分子和政治家之间的距离，也正是保持理想与现实之间的某种张力。

世事纷繁，本无头绪，我想任何研究都无非是有意无意地根据某种主观的线索，尽量客观地将杂乱无章的现象串连起来。中国写知识分子的小说很多，何以就选中这几本？我也说不出什么必然的道理，也许就是由于个人主观的偏爱罢。后来，西里尔·白之教授在为这本书所写的《跋》中，又谈到诸葛亮和《儒林外史》中人物，倒是提醒读者注意中国知识分子并非只有我曾写到的那种类型。

6　新的学术生涯

时代真的变了。
我一时还不习惯已获得的新的自由,
仿佛刚从夜梦中惊醒的宿鸟,
还不习惯耀眼的阳光,
但很快就展翅高飞了。

在自己的国家里自由走来走去

两年,就这样在伯克莱温暖的阳光下,在风和日丽中飞逝。这时我的儿子和女儿都已在美国上学,我的丈夫也正在美国访问。国内则大反精神污染,一时乌云密布,山雨欲来。我和与我同时来到美国的一位好友做了一次深谈:期限已满,我们要不要回国?这可是决定着我们后半生一切的极其严峻的问题。好友劝我留下,他说现在回去,肯定是自投罗网,准会挨批。万一再来一次文化大革命,那后半辈子就全完了。他珍爱自由,宁可在饭馆做八小时临时工,换取另外八小时自由写作。我很犹豫,生命很短暂,如果我不得不每天用那么多时间去作毫无收益而自己又不爱做的工作,岂不是最大的浪费?这时,我最好的朋友,仍在东部教书的薇娜给了我一个最直率的劝告。她说,如果你留下,你也可以随便写写,成为一个挺有趣的老太太,儿女大学毕业后,会找到工作,你的生活会过得很舒服,可是,你的学术研究,完了!亲爱的薇娜,她总是在我生命最重要的转折点,给了我朝向正确方向的关键推动力。其实,我对她也是一样。由于过去婚姻的痛苦经验,薇娜根本不想再结婚,然而我知道她内心热爱自然的生活。我们多次讨论过不同文化对婚姻家庭的不同看法。我总是强调女人如果没有生过孩子,那就缺少了生命的一环。我们在这方面谈得很多,以至她后来的丈夫嘲笑我成了薇娜的结婚教练!后来,她带她非常出色的儿子来到中国,她总是为我们过去的那些讨论感到庆幸,甚至说,她儿子是我给她的最好礼物。

我的丈夫已迫不及待地要回国。他是一个守旧的人。他不喜欢美国食品,不喜欢美国电视,美国吸引他的唯有奶油爆米花和图书馆,但他更怀念的是自己一间小屋里的四壁旧书,真是"金窝银窝,不如自己的草窝"!1984年秋天,我们怀着宁可挨批的豪情壮志回到北京,奇怪的是学校里风平浪静,连我违抗命令,滞留国外的事,也很少人提及,只是多次催我算账,按百分比上交我在国外的收入。

时代真的变了。我一时还不习惯已获得的新的自由,仿佛刚从夜梦中惊醒的宿鸟,还不习惯耀眼的阳光,但很快就展翅高飞了。这时,特区深圳大学正在组建,早就以聪明才智和胆识闻名的深圳大学校长邀请我们夫妇和他一起去开创新的事业。他聘请我担任中文系主任,并同意我在那里建立中国第一个比较文学研究所,我的丈夫则兴办1949年以来的第一家国学研究所。中国知识分子竟然能够这样凭自己的意愿,在自己的国家走来走去,做自己想做的事,不必看人眼色,也不曾受到刁难,几十年来,这还真是第一次!我们并没有辞去北京大学的职务,而是来往于广东和北京,南北各住半年。那时,深圳大学是一个朝气蓬勃、极富活力的、美丽的、全新的地方。正是有了深圳大学这个基地,1985年夏,中国比较文学各路大军才有可能在这里聚集,召开了中国比较文学学会成立大会暨国际学术讨论会,举办了首届中国比较文学讲习班。大会由中国比较文学复兴的中流砥柱,兼通中、西、印文化的世界著名学者季羡林教授致开幕词,并担任了学会名誉会长,大会选举北大的杨周翰教授为第一任会长。到会代表130人来自全国六十余个高等学校和出版单位。在讲习班学习的130名学员也列席了大会。这些年轻人中,很多成了后来中国比较文学的中坚。这次大会也初步奠定了中国比较文学的国际地位。国际比较文学学会会长佛克马教授(荷兰)、秘书长雪弗列尔教授(法)、美国比较文学学会会长艾德里奇教授,都亲自到会祝贺;到会的还有美国其他著名教授,如杰姆逊(杜克大学)、厄尔·迈纳(普林斯顿大学)、叶维廉(加州大学),以及香港的泰特洛教授(现任香港大学比较文学系主任)、袁鹤翔、阿巴斯(香港比较文学学会主席)、黄维梁、黄德伟等著名比较文学学者。从首任会长杨周翰教授开始,中国学者一直担任着国际比较文学学会副会长的职务。

以后五年,中国比较文学有了很大发展。正如季羡林教授在给我的一本专著《比较文学与中国现代文学》(1987,北京大学出版社)写的序中所说的:"最近几年以来,我国文艺理论界对比较文学表现出浓厚的兴趣。青年学生对比较文学更是异常热爱。"1985年,国家教育部正式批准在北京大学设立北京大学比较文学研究所,并任命我担任所长。我用尽全力工作,从内心深处感到一种生命的焕发。我们编撰了深圳大学比较文学丛书十二本,北京大学比较文学丛书十八本,我们策划的中国文学在法国、日本、俄国、朝鲜、英国等十本一套丛书正在陆续出版。我们编写的大学教材《中西比较文学教程》和我的另一本专著《比较文学原理》也已面世。截至1989年初,全国正式出版的有关比较文学书籍已达三百六十余种,散见各种刊物的比较文学论文三千二百余篇。

我只想潜心读书和教书

回国这几年，在我眼前，真是改革开放，一片辉煌！尽管物价上涨，生活仍很清苦，但更苦的日子我也过来了，我不在乎。我一心想在学术上有所成就，尽其所能为中国培养人才。我不想参与政治，总想离得越远越好。将近四十年的经验，使我明白了一个道理：人的才智和时间都是非常有限的，时机不到，个人再忧虑、再努力，以至献身，也是枉然。尤其是像我这样一个情绪型、易冲动、不善计谋的人，更不适于搞政治。我潜心读书、教书，对于能让我得以潜心读书、教书的环境很满意，认为找到了最适于自己的生活方式。我想，政治还是让政治家去管吧，现代社会，干什么都需要专门人才，我不是那样的材料。

1984到1989的五年间，我真是夜以继日，埋头读书写作。我已失去了太多时间，毕竟几乎二十年不曾认真读书，不是打砖，就是种地、背石头。如今，一方面是全身心沉浸于对书籍的热爱，一方面也深感自己研究功底之不足。我在北京大学不断开设新课，如"比较文学原理""20世纪西方文艺思潮与中国小说分析""马克思主义文论：东方与西方""比较诗学"等。这些课程都是第一次在北京大学开设,选课的学生都在一二百人左右,听众遍及中文、英语、西语各系,还有许多从外校赶来听课的学生,教室总因太小而一换再换。学生的欢迎促使我更好地准备,同时大量增进我自己的系统知识积累。

1987、1988年,连续出版了我的两部专著:《比较文学与中国现代文学》(北京大学出版社)和《比较文学原理》(湖南文艺出版社)。第一本书大致体现了我的思想发展过程,全书分三部分:第一部分谈我对比较文学这门学科的认识;第二部分谈中外文学关系;第三部分是试图在西方文艺思潮的启发下,重新解读中国小说文本。

在我看来,比较文学在中国并不是最新引进之物。且不说古代中国境内各民族文化(如荆楚文化、齐鲁文化、燕赵文化、巴蜀文化等)融合过程中,关于文学的比较、筛选,和相互影响的研究,也不说魏晋以来印度思想文化与中国文学的关系,以及当时有关比较、翻译的论述;就从现代说起,中国比较文学的源头也可上溯到1904年王国维的《尼采与叔本华》,特别是鲁迅1907年的《摩罗诗力说》和《文化偏至论》。鲁迅的结论是:"首在审己,亦必知人;比较既周,爰生自觉。"也就是说,必须在与世界文学的众多联系和比较中,才能找到发展中国新文学的途径。茅盾在1919年和1920年相继写成的《托尔斯泰与今日之俄罗斯》和《俄国近代文学杂谈》等文章中首先比较了"西方民族之三大代表——英、法、俄"的文学,指出:"英之文学谲皇典丽，极文学之美事矣，然而其思想不敢越普通所谓道德者一步""法之文学家则差善矣，其关于道德之论调已略自由，顾犹不敢以举世所斥为无理，为可笑者，形之笔墨。独俄之文学家也不然，绝不措意于此，绝不因众人之指斥而委屈其良心上之直观"。中国现代文学本身就是在比较和借鉴中发展起来的。凡此种种都可以说是中国比较文学的前驱。

比较文学作为一门学科在中国被提出来，则是1920年代末，1930年代初的事。1929年至1930年，英国剑桥大学英国文学系主任瑞恰兹（I.A. Richards）在清华大学任教，开设了"比较文学"和"文学批评"两门课。如果不算鲁迅1911年给许寿裳提到的《比较文章史》，那么，"比较文学"的名目出现在中国，这是第一次。当时，清华大学教师翟孟生（P.D. Jameson）还根据瑞恰兹的观点和讲稿，写成《比较文学》一书，主要是对英、法、德三国文学进行了比较研究。当时清华大学研究部文学课程分文学专题和作家研究两类。"比较文学专题"是文学专题课中很重要的一门。除吴宓开设的"中西诗比较"，陈寅恪开设的"中国文学中的印度故事研究"外，还有"近代中国文学中之西洋背景""翻译术"等课程，清华培养了一批学贯中西的比较文学学者，如钱锺书、季羡林、李健吾、杨业治等。不久，傅东华、戴望舒又相继翻译了罗力耶的《比较文学史》和保罗·梵·第根的《比较文学论》，第一次在中国系统地介绍了比较文学的理论和方法。1934年出版了梁宗岱的《诗与真》，作者以深厚的中国古典文学素养对西方文学进行了比较文学方法的探讨。1936年，又出了陈铨的专著《中德文学研究》，全面评述了中国小说、戏剧、抒情诗在德国的传播和影响。

走向世界

1940年代,由于战争的影响,许多工作中断了,但有识之士进一步看到"走向世界"对于振兴民族的重要性。例如闻一多在他那篇著名的《文学的历史动向》里,详细论证了以中国的《周颂》《大雅》,印度的《梨俱吠陀》,《旧约》里最早的希伯来诗篇,和希腊的《伊里亚德》《奥德赛》为代表的,这四种约略同时产生的文化如何各自发展,渐渐互相交流、发展变化的历程。并认为"这是人类历史发展的必然路线"。闻一多还特别指出:"本土形式的花开到极盛,必归于衰谢,那是一切生命的规律,而两个文化波轮由扩大而接触、而交织,以致新的异国形式必然要闯进来……新的种子从外面来到,给你一个再生的机会。"他认为上面谈到的三种文化都因勇于予,而怯于受,所以没落了,只有中国是"勇于予而不太怯于受的,所以还是自己文化的主人"。他的结论是:"历史已给我们指示了方向——受的方向。"也就是面向世界,勇于吸收的方向。1940年代显示比较文学实绩的,是朱光潜的《文艺心理学》《谈诗》和钱锺书的《谈艺录》。前两本书的共同特点是寻求既能运用于西方文艺现象,又能适用于中国文艺现象的共同规律。同时应用从西方文学总结出来的理论阐发中国文学，也用从中国文学总结出来的理论阐发西方文学。钱锺书采用了更多超国别的研究方法，正如他在序中所说："颇采二西之书，以供三隅之反"，因"东海西海，心理攸同，南学北学，道术未裂"。在《谈艺录》中，无论是阐明一种原理，或是批判一种理论，都是以大量中外学术事实来加以证明。总之，朱、钱二位一开始就是从国际角度从事文学研究的。

钱锺书的四卷本《管锥篇》于1979年出版，标志着中国比较文学发展的一个新阶段。《管锥篇》写于文化大革命十年动乱之时。全书七百八十一节，围绕《周易正义》《毛诗正义》等古籍十种，引用八百多位外国学者的一千几百种著作，结合中外学者作家三千多人，阐发自己的读书心得，充分体现了比较文学作为一门"最广阔，最开放"，最"无法归纳进任何科学和文学研究体系中去"的"边缘学科"的特点。该书的根本出发点在于坚信"人文科学的各个对象彼此系连，交互渗透，不但跨越国界、衔接时代，而且贯串着不同的学科"。钱锺书从不企图用什么人为的体系，强加于不受任何体系约束的客观世界。他认为用很多精力去建立庞大的体系是无益的。"历史上往往整个理论系统剩下来的有价值的东西只是一些片断思想而已。"但与这并不是否认可能存在的普遍性，他认为："艺之为术，理以一贯，艺之为事，分有万株"，去发现那些"隐于针锋粟颗，放而成山河大地"

的普遍性才是做学问的真正乐趣。这就要打通整个文学领域，突破时间、地域、学科等界限，纵观古今，横察世界，去探索人类共同的诗心和文心。

《管锥篇》可以说是我研究比较文学的一个起点，它给了我一个方向，鼓舞我踏着前人的足迹向前走去。1981年，我在为《中国大百科全书·外国文学卷》所写的"比较文学"条目中是这样理解比较文学的："比较文学研究一种民族文学对他种民族文学的影响和他种民族文学对本民族文学的影响；同时也对比研究并无直接联系的不同民族文学在主题、题材、文体、风格、历史和发展趋势等方面的类同和差异；它还研究文学与其他艺术形式如绘画、音乐以及其他人文学科和社会学科的关系。"当时，对于后来讨论得很多的"阐发研究"还没有提到。

在《比较文学与中国现代文学》中，我关于中外文学关系的研究的一个重要进展就是不仅限于个别、局部的影响研究，而是着重从总体方面来考虑。任何文艺思潮，如果真是具有普遍性，就会传播到世界各地，在那里被接受并发生变形。要对这一思潮全面了解，就不能不深入研究它在各地传播和发生影响的情形。例如浪漫主义，作为18世纪末、19世纪初的一种文艺思潮来看，它如何传入朝鲜、日本和中国，在这一传播过程中，发生了什么变化，掺进了哪些新的内容，又如何为不同文化所接受。犹如地层中的岩系，不断向外伸展，不了解这种伸展，也就不能认识整体的来龙去脉。另一方面，作为一种创作方法，浪漫主义的很多特征又都能在许多不同文化中发现其不同表现,如屈原和李白诗歌的某些因素。它们本身并不属于浪漫主义思潮,但它们必然影响浪漫主义思潮在中国的传播。但我关于这一问题的进一步认识和研究是在1990年代之后。

接受与影响

我在 1980 年代更为关注的是接受和影响的关系。

我首先企图界定影响一词的内涵,把影响和模仿、同源、流行、借用等概念分别开来。我认为在比较文学研究中,所谓一个作家受到另一个外国作家的影响,首先是指一些外来的东西被证明曾在这位作家身上或他的作品中产生一种作用,这种作用在他自己国家的文学传统里和他自己的个人发展中,过去是找不到的,也不大可能产生的。其次,这是一个有生命的移植过程,通过本文化的过滤,变形而表现在作品之中。两种不同文化体系之间大规模的文学影响常发生在当一国的美学和文学形式陈旧不堪而急需一个新的崛起,或一个国家的文学传统需要激烈地改变方向和更新的时候。影响需要一定的条件,影响的种子只有播在那片准备好的土壤上才会萌芽生根。我国三次大规模的接受外来影响都说明了这一点。

影响是一个非常复杂而多样的过程。它往往首先发端于一种心理或意识形态的启发,某种外来的东西突然照亮了作者长期思考的问题而给予一种解决的新的可能。法国诗人波德莱尔说他喜欢美国作家爱伦·坡，就因为在爱伦·坡的作品中，他自己头脑里一些模糊的、未成形的构思被完美地塑造出来。T.S.艾略特认为他受到一些其他作家的影响，往往是因为这些作家能"逗引"起他内心想说的话。庞德所以认为中国诗"是一个宝库"，今后一个世纪将从中寻找推动力，正如文艺复兴从希腊人那里找推动力，就因为中国诗对他所痛感的"西方当代思想缺乏活力""宗教力量日益衰退"等问题提供一种解决的新的可能；而中国诗歌的简洁、含蓄，对于维多利亚时代诗歌的繁言赘语，含混不清也是一种冲击而给诗人以启发。

如果说这种启发往往是不自觉的偶然相遇，那么影响的第二步——促进就是有意识地寻求、理解、加强。随之而来的是一个认同和消化变形的过程。文学影响最后还要通过文学表现出来。如上述尼采对鲁迅的影响，经历了启发——促进——认同——消化变形的过程，最后必然表现在鲁迅的文学创作中：那明知前途并非野百合、野蔷薇，仍不顾饥渴困顿，奋然前行的"过客"，在"无物之阵"中"举起投枪"的"这样的战士"等，都带着尼采"强者"的倔强、孤独、苍凉、不被理解、无法与人沟通的色彩。至于鲁迅在《影的告别》中所写的，"终于彷徨于明暗之间"，"将在不知道时候的时候独自远行"，并"担心黑夜自然会来沉没我，否则我要被白天消失"的"影"，和尼采在《查拉图斯特拉如是说·影子》一章中所写的"黧黑、空廓、凋敝"，"有过很坏的白天，要注意更坏的夜晚"的"影"显然有着精神上的联系。

1970年代德国接受理论的兴起对上述传统影响研究进行了全面刷新。事实上，接受和影响是一个问题的两面。播送者对接受者来说是影响，接受者对播送者来说，就是接受。过去的影响研究多研究播送者如何影响接受者，却很少研究播送者如何被接受。如今这一单向过程改变为双向过程，就为这一领域开辟了许多新的层面。

首先，由于"接受屏幕"的不同，一部作品在本国和在外国被接受的状况也显然各异。通过某种成分被拒绝或接受或改造的复杂过程，我们不仅可以更多面地发掘出作品的潜能，而且也可以进一步了解不同文化体系的特点。例如尼采思想透过中国知识分子"接受屏幕"的折射，就和德国本土文化的尼采思想有了很多不同。尼采提倡强者、超人，认为压迫弱者理所当然，原是少数人的哲学；但在中国却被利用来说服弱者奋起赶上强者，以求得"群之大觉"。这当然是尼采本人始料所不及，也是一般西方尼采研究者所未曾想到的。但这至少说明了尼采思想在亚洲弱国发生作用的一种可能，同时也说明了中国社会的一些特点。也许人们会说，这其实是一种误解，但从接受美学的角度来看，误解也是一种接受方式，它从更多方面发掘了作品的潜力。

其次，对外国作品的接受，往往可以作为一面镜子，反射出接受者的不同个性。例如五四时期许多作家从不同角度接受了印度诗人泰戈尔的影响。郭沫若接受泰戈尔的泛神论，从泛神论中吸取了追求个性解放的力量；冰心也接受了泰戈尔的泛神论，却造就了一片和平恬淡的情调；王统照明显接受泰戈尔的"爱的哲学"，他的诗追随泰戈尔，崇尚自然、追忆童心，但却朦胧晦涩，与冰心不同；徐志摩与泰戈尔的交往更深，他从浪漫主义的角度来接受泰戈尔，作品显得清新明快、飘渺空灵。总之，对泰戈尔的接受，有如一面镜子，反映出不同作家的创作个性。

另外，通过关于接受的研究，还可以考察时代的变化。一部作品在被接受的过程中常常因时代的不同而被强调不同的方面。例如诗僧寒山的诗无论在哪方面，都不能说是唐诗中最杰出的，但寒山诗1960年代在美国的流行却远远超过李白、杜甫。美国诗人加利·史乃德在他翻译的寒山诗前言中写道："他们（指寒山、拾得）已成为不朽人物，而在今天美国的穷街陋巷里，果树园里，无业游民的营地上或在伐木场营幕中，你时时会和他们撞个满怀。"当代小说家杰克·凯鲁亚克的小说写坐禅、诵经、吟诗，并在扉页上写明"献给寒山"。这就是因为1960年代末期，美国社会孕育了"垮掉的一代"，他们的狂放与幻觉决定了他们对寒山的接受，另一方面，从寒山被接受的情形，也能看到美国1960年代社会生活之一斑。

再者，关于接受的反射也是一个很有意思的现象。五四以来，借助对西方文化的接受，反观本国文化而有新的启悟的现象屡见不鲜。例如诗人郭沫若说他从小熟读《诗经》，但"丝毫也没感觉受着它的美感"，只是在读了美国诗人朗费罗的诗后，"才感受到了同样的清新,同样的美妙"。他在中学时代就喜欢《庄子》,但对书里所包含的思想是很茫昧的,"待到一和国外的思想参证起来,便真是到了'一旦豁然贯通'的程度"。"两脚踏东西文化,一心评宇宙文章"的林语堂在接受了西方克罗齐和斯平加恩的表现派文学评论原则之理,重新认识了早已熟读的袁中郎"性灵说",这时他的文学生涯构成了一个重要的转折:"近来识得袁中郎,喜从中来狂乱呼……从此境界又一新,行文把笔更自如。"这样的例子是很多的,它们都说明了"接受的反射现象"对文学发展的重大作用。

所谓负影响其实也是一种接受方式。这种负影响产生于一种担心与前人雷同而不能创新的焦虑。杰出的作家往往有一种摆脱前人影响、"发前人所未发""语不惊人死不休"的欲望。但他们仍然无法不在前人已经造就的基础上创造,想不受任何影响也不可能。于是,他们就有意无意地改变这种影响的方向,或反其意而用之,或赋予它全然不同的内涵。即便一个作家拒绝、抗争,极力要挣脱一种影响,但他的整个灵感却最初受孕于这种影响。例如易卜生的《玩偶之家》,五四前后在中国产生了很大影响。不少作品都受孕于娜拉的出走。鲁迅的著名演讲《娜拉走后怎样》和小说《伤逝》,都是从反方向讨论了娜拉的命运;茅盾的短篇小说《创造》的男主人公君实和女主人公娴娴显然重复着娜拉和她丈夫的矛盾,君实按照他自己的趣味塑造了娴娴,她却不愿成为傀儡或玩物而决定出走,但这种出走,已不是盲目、孤立的，而是和某种社会力量取得了联系，因此更有了成功的希望。

最后，接受理论为比较文学研究者提供了编写完全不同于过去体例的新型文学史的可能。一种新的文学思潮兴起后，如果它是真有价值的，就会逐渐获得世界性。如浪漫主义、现实主义、超现实主义、现代主义等等无不如此。不同文化体系在接受这些思潮时，由于"接受屏幕"和"期待视野"的不同，必然有所选择、有所侧重，并在融入本体系文学时，完成新的变形。这种变形既包含着该文化系统原来的纵向发展，又包含着对他种文化系统横向的吸取和改造而形成的新的素质；文学本身就是这样发展起来的。从比较文学的角度来重写文学史，就要着重考察各种思潮、主题、文类、风格、取材，以至修辞方式、诗歌、格律等等文学的构成因素，在不同民族文学中的继承、发展、相互影响和相互接受。新的文学史将由创造、传统继承和引进三个部分组成，而对那些特殊的历史时刻予以关注。这种时刻，读者的文学观念往往可以穿越或排斥以往的界限，敏于接受外来影响，并改变自己的"接受屏幕"和"期待视野"。法国比较文学学者谢弗莱尔（Y. Chevrel）称这种时代为"历史转折点"或"时代的门槛"，他举例说："本世纪20年代的法国超现实主义就是以独特的文学创作（创造），重新发现以往的法国作家（传统），以及向东方文学，特别是中国文学的开放（引进）为基本特征的。"在接受理论的基础上还可以从读者角度出发，研究读者心态的历史。如果整理五四以来不同历史阶段、不同外国作家被中国读者所选择和接受的广度和深度，以及被强调的不同方面，就可以从一个侧面看出近百年中国社会心理的发展和变迁。

总之，接受理论使人们进一步认识到潜在于作品的各种可能性，因而为偏于实证，路子越走越窄的传统影响研究带来了全面的活泼生机。

阐发研究

《比较文学与中国现代文学》的第三部分是讨论阐发研究。所谓阐发研究,简而言之,就是借助外国文学理论来重新解读中国文学。这曾是一个有争论的问题。有些人认为这样做不可能不是削足适履;有些人带着浓厚的民族情绪认为中国有数千年文明,"我们有《诗经》《楚辞》时,他们还在茹毛饮血呢,借用他们的观念有什么必要?"也有人认为好不容易摆脱了苏联文艺理论的"紧箍咒",凭什么还要往里钻?的确也有人略知皮毛、生吞活剥、胡乱套用,引起人们的反感。我则认为任何历史的发展,新观念的形成都起着极大的推动作用。而新观念的形成往往不能不借助他种文化的启发,中国现代文学史的发展和闻一多、朱光潜、宗白华等前人的足迹已充分证明了这一点。况且我们总不能像阿Q一样老夸耀自己过去多么阔。问题在于拿出实例,说明这种阐发确实对推动中国文学发展有益。

中国封闭了近四十年,而这段时间正是西文学理论发展十分迅速的时期。1980年代初,西方数十年发展,经历过各种复杂阶段的文艺思潮同时涌入中国。历时性的发展变成了共时性的并存。我的这本书以"小说世界的外延研究"（传统小说分析），"文学是一种特殊的语言形式"（新批评派），"决定着表达方式的深层结构"（结构主义），"潜意识及其升华"（精神分析学），"作品的框架与意象挖掘"（接受美学），"事序结构和叙事结构"（叙述学），"'推末以至本'和'探本以穷末'"（阐释学）为题，企图说明在这些思潮的启发下可能开辟的新的学术空间。

新批评派

新批评派提倡排除一切非文学因素的纯批评。在他们看来，关于作者的研究是可以排除的。作品一出现就已不是作者的所有物，而是不再受作者主观制约的客观产品；即使有关于作者意图的明白宣言也不能以此作为批评的依据，以致将作品本身与其产生过程相混淆，必须将某个作者实际上提供的东西与他自认为提供的东西严格区分开来。另一方面，关于读者的研究也是可以排除的，因为读者的水平和心理各异，如果以作品本身与作品所产生的效果相混，分析就无客观标准，就是徒劳无功，甚而导致"批评的毁灭"。在批判这两种谬误的基础上，他们提出了只作本文分析的向心式批评或细读批评。特别是新批评派理论家兰色姆提出的"构架—肌质"说对我很有启发。他认为构架是使作品意义得以连贯的逻辑线索，是在作品中负载肌质的骨架，是可以从作品中抽取出来，用散文加以转述的。肌质则是无法用散文转述而决定艺术作品所以是艺术的部分。一篇小说可以写成几十个字的梗概，但并不能产生美学效果；真正赋予作品以艺术魅力的是无法抽象、无法转述的肌质，正如离开了舞者，就不会有舞蹈。架构与肌质的关系并不是形式与内容的关系。例如小说中演述的事件本该属于内容部分，但这些事件又是在特殊的艺术处理方法中存在，取消了这种处理方法，那事件也就失去了艺术效果。因此，从处理方法来看，它又属于形式。分析作品首先就要分析文本，研究构架如何转为肌质，跟踪艺术魅力所以产生的每一步骤。艺术魅力体现于形象，小说构成形象的唯一手段是字词。字词首先从过去发生的一连串重复出现的事件组合中获得意义；同时，它又受具体使用时的语言环境（上下文、风格、情理、习俗等）所制约。字词的意义就是这样由纵、横两种语境的相互作用而决定的。

新批评派认为文学既然是一个特殊的语言形式，文学批评家的任务就是对作品的文字字义进行分析，探究各部分文字之间的相互作用和文字所包含的隐秘关系。至于作者是否这样想过，读者是否接受这样的解释，全都无关紧要。字义分析就是要从纵的历史和横的环境的交互作用中最深最广地发掘出字词的涵义。例如《红楼梦》多次写到水。水的意义当然首先是洁净，说"女人是水做的"，首先强调的是洁净；水的第二层涵义是柔情，所谓"柔情似水"，林黛玉的泪水都是柔情所化，是情的标志。第三层，水又代表正在流逝的时间。《论语》载："子在川上曰：'逝者如斯夫，不舍昼夜。'"李白诗："逝川与流光，飘忽不相待"，林黛玉听梨香院女戏子彩排，唱出："只为你如花美眷，似水流年"，想起古人"水流花谢两无情"，再听到《西厢记》："花落水流红，闲愁万种"，都是以水流象征时日之不可追。再进一步追寻有关水的各方面联系。在洁净这个层次上，可以看到水与石的关系："石中清流滴滴""一带清流从花木深处泻于石隙之下""清溪泻玉，石磴穿云，白石为栏，环抱池沼"。石保持着水的清洁，宝玉乃石所化，他和黛玉的关系相应于水和石的关系。在情这个层次上，也是水把两位主人公连接在一起。黛玉所有的泪水都是为宝玉而流，灵河岸上三生石畔，绛珠仙草与神瑛侍者的姻缘也是由"灌溉之恩""甘露之惠"来维系。那贯穿全局的象征时间的逝水更是把灵河、沁芳河、迷津三条水连成一气；灵河是仙境之河，是整个故事的缘起；沁芳河是人间之河，它浸渍、销蚀着落花，"溶溶荡荡"，流逝而去；迷津是地狱之河，沉溺之河：把人引向"无舟楫可通"的万丈深渊。时间之流从灵河开始，引出沁芳河的繁花似锦、七情六欲，最终流向宇宙一样深沉的黑暗。水的象征就这样通过各种词义的暗示和联系，呈现着各个部分之间隐秘的关系。（此例参阅胡菊人《小说技巧》）

在被庸俗社会学统治了多年的大陆文学研究界，新批评派的文学细读批评给大家带来了很多启发。其实，我国的小说评点在某种意义上来说，也是一种本文细读。金圣叹、毛宗岗、张竹坡、脂砚斋都十分重视逐字逐句分析小说语言的奥秘。如毛宗岗总结的《读三国志法》十二条，金圣叹在评点《水浒传》时，强调"有用笔而其笔不到者，有用笔而其笔到者，有用笔而其笔之前，笔之后，不用笔处无不到者"等等，都与新批评派的细读批评相通。

结构主义

结构主义者和新批评派一样，都把文学文本看成一个独立自足的封闭的体系，既不涉及作者的主观经历和意图，又与对读者所产生的效果无关。他们都不重视作品的内容，甚或将它抽出，悬置起来而只致力于形式的分析。结构主义者所追求的是文学形式的一种宏观架构，并把一切作品都还原为表现这一架构的一个具体事例。他们强调，要通过具体复杂的现象去找出作品形式最深层的结构。它反对像新批评派那样，只对作品进行孤立的、个别的、精微的微观分析，而是把一组作品放到一起进行比较研究，找出其隐沉于深处的内在共同特征。例如纵观鲁迅描写知识分子的小说，就会发现贯穿许多作品的深层结构就是知识分子活动的徒劳无益，像苍蝇一样，被什么东西来一吓，就飞出去，绕了一个圆圈又回到原地点。狂人从封建社会出发，经历一番狂人的遭遇后返回封建社会（赴某地候补）；改革者吕纬甫"无非做了些无聊的事，等于什么也没做"；孤独者魏连殳"躬行我先前所憎恶的一切"；子君从旧家庭、旧道德中奋勇杀出，又回到原来的旧家；涓生离开会馆去追求自由，又回到会馆；《祝福》始于爆竹声，终于爆竹声；《故乡》始于乌篷船，终于乌篷船；《风波》始于在土场上吃饭，终于在土场上吃饭；以至阿Q最后一件伟业乃是努力画一个圆圈，他最后的一句话是："过了二十年，又是一个……"这些都使人联想到向原出发点复归的圆圈。茅盾的小说则很少发现这种圆圈结构，而往往看到一种二元对立的双线发展。如《幻灭》中的静女士和慧女士；《动摇》中的方太太和孙舞阳；《追求》中的陆俊卿和章秋柳；《虹》中的徐女士和梅女士；《诗与散文》中的表妹和房东少妇，以至《子夜》中的林佩瑶和张素等等，都可以看到茅盾所致力于描写的"时代女性"之"二型"的双线发展。

结构主义所归纳的"二元对立"原则，也反映在许多中国古典小说的基本结构上。例如《红楼梦》就是由"动、静""雅、俗""悲、欢""离、合""盛、衰""和、怨""情、淫""清、浊""真、假""反、正"等复杂重迭的二元对立关系所构成。结构主义的批评方法在过去中国传统文学批评中很少见到，因此很引起了一些学者的注意。与新批评派专注于分析文学文本精微的技巧相反，结构主义不注意个别、繁琐的研究，而致力于宏观视野，把文学作品看成一个大的系统，力图从中寻找出不变的、足以解释一切的深层结构。他们认为这种深层结构植根于超越任何特定文化的人类集体心灵，甚至认为这种集体心灵就扎根于人脑本身的结构之中。因此，结构主义文学分析既不大关心作为创作主体的作者的具体特点，也不关心作为接受主体的读者的反应，甚至也不关心作品具体写什么，他们特别研究的是悬于这三者之上的一个规则的排列系统。结构主义批评虽也为中国文学批评带来了新的角度和视野，但终因其本身的反历史倾向和离中国传统较远而未能起更大作用。

精神分析学

有意思的是精神分析学离传统中国文学批评也十分遥远，但其影响却远远超出于其他批评方法，并在1930年代和1980年代的中国都掀起了一阵热潮。弗洛伊德的精神分析学说在中国被接受得最广的是他关于人类痛苦的分析。他认为人类的自我处于以快乐为原则的本我和以道德为原则的超我的双重挤压下，是一个四面受敌的可怜的实体，它受本我的贪得无厌的冲击，又受超我的无情道德限制，因此每个人心中都有一个痛苦的"精神内海"；减轻这种痛苦的方法就是"原欲的转移"，即把本能冲动转移到不至被社会挫败的方向上去。艺术就是"拒绝欲望的现实与满足欲望的幻想之间的缓冲地带"。艺术家虽然和平常人一样不能不受本能欲望的支配，但他却能在一种幻想的生活中去放纵自己，把他的幻想铸成一个理想的小说世界中的现实。在弗洛伊德看来，艺术就是一种补偿手段，艺术家从事创作，就是要寻求能满足他的欲望的替代物。艺术家进入他所建筑的虚幻世界，他和精神病患者的不同仅在于他能找到一种重返现实的方法，不会被禁锢在幻觉的世界中。艺术作品之所以有魅力，就在于读者或观众也有和艺术家一样的苦闷，但他们不能制造出一个丰富的幻想世界使欲望得到补偿。因此，作品不但是对于艺术家的补偿，同时又是一种社会性治疗手段，使公众摆脱苦闷的出路。艺术家正是借助于一定的艺术形式，使幻觉转化为可供鉴赏的对象而使痛苦得到移位和升华。其实，这种对艺术本身及其作用的理解，在中国文论中也可找到某些相似之处。例如李笠翁在《闲情偶寄》中说自己写剧本就是因为"生忧患之中，处落魄之境"，只有"制曲填词之顷，非但郁积以舒，慍为之解，且尝作两间最乐之人……未有真境之所为，能写出幻境纵横之上者：我欲做官，则顷刻之间便臻荣贵；我欲作人间才子，即为杜甫、李白之后身；我欲要绝代佳人，即作王嫱、西施之原配"。周楫在《西湖二集》中也说写小说的动机就是"发抒生平之气，把心中欲哭、欲笑、欲叫、欲跳之意尽量写将出来"。

在具体作品分析方面，对弗洛伊德精神分析学说的借鉴可以分为两个层次：一个层次是对于作品所创造的小说世界的分析；另一个层次是对于这个小说世界所隐含的作者潜意识的分析。用精神分析学来研究小说中的人物，往往可以帮助人们发现一些被忽略或不易理解的层面，引导人们窥见主人公的内在的潜意识，揭示出自我在原欲和超我以及客观世界的挤压下的挣扎；看到意识和潜意识的交织，外部活动与内部活动的关联。例如从这一角度出发，就可以进一步发现中国现代女性——从莎菲（《莎菲女士的日记》）到林佩瑶（《子夜》），从繁漪（《雷雨》）到愫芳（《北京人》）的关于意识和潜意识的交错，以及沉重的传统负担和被压抑的深沉痛苦的极为精彩的描写。"潜文本"的分析，则着重研究作者的潜意识如何转移（或升华）为作品的虚构世界。例如鲁迅的《药》和他多次对中医的嘲讽显然反映着他幼时为父亲买药治病、心灵受伤在他的潜意识中留下的痕迹；当代女作家冯宗璞在她的代表作《红豆》《弦上的梦》《核桃树的悲剧》中，多次写到一种已失落的、无法完成的爱情。如果联系起来分析，也不难发现这里有一个共同的潜文本。

按照弗洛伊德精神分析学，人既不是超凡入圣的英雄，也不是绝对卑鄙的歹徒，每个人心中都充满着盲目、黑暗、无意识的冲动。面对客观现实，他的生的力量可以创造人间奇迹，他的黑暗的欲望也能毁灭一切。人是一种永远生活在冲动和压抑中，挣扎于无法解脱的自我矛盾的痛苦的生物。由于弗洛伊德的影响，中国现代文学中也出现了许多非英雄化的，带着病态、古怪、混乱和心理畸形的人物。1988年，中国大陆出了一部《中外文学名著精神分析辞典》，辑录了中外文学名著中有关精神分析的片段。在引用的二百八十九种著作中，中国当代文学著作占了七十七种。虽然这部辞典选择的标准并不十分精确，但精神分析学在中国的盛行可见一斑。

叙述学

叙述学是近年来对中国小说批评最有影响的一门学问。如果说，绘画依靠色彩和线条给人以美学享受，音乐依靠音符和节奏，诗歌依靠激情和韵律，戏剧依靠表演和冲突，那么，小说的魅力首先就在于把读者引入一个小说世界，使读者和这个世界里的人物一起思索、一起感觉，从而获得在一般日常生活中难于获得的集中、强烈、新鲜的感受。达到这一目的的根本手段就是叙述。描写同样故事的作品往往在审美价值的创造上相去甚远，其根本原因就在叙述技巧的高下。叙述学研究的就是小说家如何通过叙述，向读者呈现一个小说世界，并将他们引入这一小说世界。

要成功地将读者引入小说世界，首先遇到的就是叙述角度问题。《狂人日记》一开始就从狂人的观察角度，把读者引入狂人的世界："今天晚上，很好的月光……那赵家的狗何以看我两眼呢？"《祝福》的主角是祥林嫂，叙述祥林嫂故事的，却是那个不安、惶惑，对一切都说不清的"我"。《药》的叙述者既不是作品主人公，也不是一个旁观者，而是通过不同人物的不同观点来构造小说。以上三部小说的叙述角度依次被称为"自知观点""旁知观点"和"次知观点"。这类叙述角度在过去中国传统小说中都用得很少；中国小说多采取由一个全知全能的作者在作品之外来叙述的"全知观点"的方法。叙述角度决定著作者与叙述者之间的关系。采用全知观点时，作者与叙述者往往重叠，作者的叙述建造了小说世界，作者又直接出面，对这个世界中发生的事件加以评论。次知观点，由于叙述角度经常变化，作者与叙述者的分离很明显。在采用旁知或自知观点时，容易将作者和叙述者混淆起来，这种混淆有时会妨碍对作品的深入了解。例如吴组缃的名作《官官的补品》，叙述者是一位地主大少爷，他滔滔不绝地叙述着、谈论着、辩解着，无非是说吃人奶补养是如何价廉物美，奶妈的贫穷是如何理所当然，奶妈的丈夫被误认为"革命者"而遭枪杀也是如何合情合理等等，作者显然是站在叙述者的对立面，这种作者与叙述者的背离造成了强烈的讽刺效果。叙述者与作品人物的关系也很重要，叙述者可以和作品中的某个人物完全重合（如《官官的补品》），也可以站在作品之上，让人物成为可听任摆布的棋子，并将它们摆成各种故事。过去一般小说家都是设计叙述者与各种人物来构筑自己的小说世界，他们都为体现作者的意图服务，唱着和作者一致的单一的调子。直到俄国形式主义者巴赫金提出复调小说的概念。巴赫金认为陀思妥耶夫斯基作品中的叙述者和人物都是各自唱着自己与作者不同的调子，他们和作者的关系不是按作者的希望与安排来行动，而是按他们自己的处境和性格的逻辑来行动，并与作者的意图相抵触和相辩难，这就构成一种对话的关系而不是传声的关系。因此，这些作品不是一个调子的齐唱，而是许多调子的交响。

在叙述学中,"见事眼睛"是一个重要的观念。小说的情节是复杂的,叙述不大可能固定在同一的视角上而不加变换。能否找到一个自然、合理而又富有深意,能进一步开发其深层结构的转折点——即"见事眼睛"来转移视线,往往决定着叙述技巧的高下。鲁迅小说《药》中的人血馒头,就是作为"见事眼睛"连接了小栓患肺痨而死和夏瑜为救中国而死两个故事,并深入揭示了人民愚昧无知、革命者献身无益的深刻悲剧。"见事眼睛"不但有助于整个小说世界的构筑,而且也有助于叙述笔调的变化和丰富多样。例如《红楼梦》中,通过宝玉的眼睛看黛玉,通过黛玉的眼睛看宝玉,通过尤家姊妹的眼睛从局外看贾府的荒淫,通过刘姥姥的眼睛看贾府的豪富,通过周瑞家的送宫花看各姊妹所住的庭院位置……这些都是"通过一双眼睛打开一个带有主观色彩的世界",都是高超的叙述。"叙述层面"也很重要,例如《红楼梦》中,青埂峰下(宝玉是一块顽石),灵河之畔(宝玉是灌溉绛珠仙草的神瑛侍者),大观园内(宝玉是叛逆的情种),太虚幻境(宝玉是被警醒的对象),镜中世界(宝玉是甄宝玉的倒影)。如此多层面的叙述构成了作品的极大丰富性和复杂性。其他如叙述的次序(顺序、倒叙、插叙、旁叙等)、频率(事件或话语被重复叙述的次数和密度)、距离(叙述者与题材的距离,例如《红楼梦》从一个永恒世界引入一个短暂而虚幻的世界,叙述者始终保持从永恒世界看虚幻世界的距离)。总之,叙述学是一门相当复杂的学问,在小说分析中,它是揭露作品艺术魅力的重要环节。

阐释学

文学阐释学讨论文学作品如何被理解，研究什么是意义及其被解释的各种可能性。首先，作者写下来的文本和作者想写的、心理上的意义已经有所分离。他想写的，不一定能准确无误地完全被写下来；其次，意义原是对作者心目中所拟想的某些读者而言，一旦面对无限的未知读者，掺进了读者的理解和视野，读者所理解的意义就与作者所想的意义有了区别；最后，参照系也不同了，随着历史发展，意义逐渐脱离了原来的语言环境，作者针对什么而言，相对于什么而言也逐渐模糊。总之，作者意谓什么，与作品对读者意谓什么之间有了距离。事实上，由于作者的思想变化以至作者的死亡，前者已很难求，因此，作品的意义往往只能靠后人的阐释活动才能存在。阐释活动一般通过阐释循环来进行。这种循环首先表现在个别与整体的关系上：必须依靠上下文，才能理解个别词句，同时，也只有充分了解个别词句，上下文才能被准确地理解。我国乾嘉朴学，教人"先知字之诂"，而后"识句之意"，"而后通全篇之意"，进而"窥全书之指"。反过来说，又必先解全篇之意，乃至全书之旨，才能解某句之意，定某字之诂。这种"积小以明大""举大以贯小""推末以至本"，而又"探本以穷末"的方法，也就是一种"阐释的循环"。这是一种在同一空间进行的共时的循环；另一方面，某一作品又是在某一特定时空中的作者主体意识的产物；在理解、评价、说明这一作品时，不能不回到产生这一作品的时空，但阐释者又不能不带有自己所处的特定时空的特点。这种循环在不同的历史环境中进行，是一种历时性阐释循环。再者，任何阐释者都有自己独特的思维方式、个性特征、兴趣爱好，当他阐释一部作品时，他必得先尽量减弱这些特点，去客观地体验作者的特点，但他最终还是不能不在自己的特点中去阐释作品。这也是一种阐释循环。

实际上，现在只有通过过去才能被理解，而过去又是通过生活在现在的人们的片面观点而被把握的。例如王昭君的故事，在《汉书》中只是一个抛撇家乡、远嫁异族的少女的悲剧；在郭沫若写于五四时期的《三个叛逆的女性》中，王昭君却是一个敢于违抗皇帝旨意、自愿踏上征途的有个性的女人；到了曹禺的笔下（话剧《王昭君》），王昭君又成了一个沟通民族关系、为祖国献身的巾帼英雄。显然每一部作品都包含作者对这个历史人物的新的阐释，而这种阐释又被阐释者所处的时空所局限。这里所讲的循环并不意味着真是回到原地点，而是向更高层次的复归。阐释活动是一个无限的、开放性的过程，作品的意义是不可穷尽的。越是伟大的作品越是有广阔的、尚未发现但终究会被开发出来的、潜在的意义。它所呈现出来的世界，既是人们的感受当时即可通达的、又是反省所探索不尽的。例如《红楼梦》，可以被解释为对清宫皇室的影射，色空观念的演绎；又可被解释为作者个人的自传，阶级斗争的历史，四大家族的兴衰。但这并不是说对作品的阐释可以漫无边际。因为意义总是固定在一定语言的框架中，读者只能通过这个框架去了解作品；而语言的意义是社会性的，它在属于某人之前，早已属于它的社会。人们毕竟不能随心所欲地赋予语言以意义。例如《红楼梦》可以作多种多样的阐释，但总不能把它解释为一部侦探小说。

这样，局部的、整体的，现在的、过去的，读者的、作者的，生疏的、熟悉的动态地结合在一起，引向更深刻的潜在意义的发掘，这就是阐释的过程。在阐释学者看来，文艺批评就是批评者用自己的意识去重建另一个意识的活动。阐释学将文学研究重新纳入社会文化语境，为发展的、相互联系的文学研究开辟了道路。总而言之，我认为西方近代文学理论的发展可以帮助我们开阔眼界，发展思路，打开新的学术研究空间，从过去从未想到的角度重新审视文学。

总而言之，我认为大量西方文学理论的传入，绝不是随意的、偶然的、与本土语境无关的，恰恰相反，任何一种理论的传入，都经过了中国社会实际与文化情景的筛选，并实际有用于中国文学的改进，才能得以生存和发展。如上所述，出于对数十年苏联文艺理论只强调社会环境和社会效用的逆反心理，新批评派的细读批评和结构主义叙述学就很容易被接受；有些西方新观念，中国文学传统中很少提及，如精神分析学和后来的女性主义文学批评，由于其新鲜，也较容易引起大家注意；另一方面，也有一些西方文学理论正是由于它们与中国传统文学观念容易找到契合点而引起广泛兴趣，如阐释学就很容易与中国的"述而不作""我注六经""六经注我"相通；接受美学与中国的"作者以一致之思，读者各以其情而自得""横看成岭侧成峰，远近高低各不同"等说法也有类似之处。另外，西方马克思主义文学批评在中国也很盛行，这是由于人们急于了解数十年来作为中国主流意识形态的马克思主义在西方的发展所致（这一点将在下面着重谈到），而所有这些显然都有益于中国文学的发展。

《比较文学与中国现代文学》一书并不一定有什么新的发明，但在当时却是一本相当有用的书。正如我的老师季羡林教授在为该书所写的序言中说的："这一部书很有用处，很有水平，而且很及时。杜甫的诗说：'好雨知时节，当春乃发生。'我很想把这一部书比做'当春乃发生'的及时好雨。"我的导师王瑶先生更是指出了我的这些最初的学术成果与我个人性格的关联，他说："每个人如果能根据自己的精神素质和知识结构、思维特点和美学爱好等因素来选择适合自己特点的研究对象、角度和方法，那就能够比较充分地发挥自己的才智，从而获得更好的成就。乐黛云同志的治学道路显然有与她个人的知识面宽广和具有开拓精神等素质有关，但它却能给人以普遍性的启发，特别是在当前各种新学科、新方法纷至沓来的时候。"

7　我与文化热

中西文化交汇的过程中，
难免有误读的可能，
因为相互理解本身就是一个过程；
况且我们也不能要求西方人像中国人
那样理解中国文化，反之亦然。

中国文化书院：一个新的民间学术团体

1980年代后半叶，中国掀起了规模空前的文化讨论热。这绝不是一种偶然现象，而是中国现代化这一历史进程本身所提出的历史课题。在世界文化语境中对中国传统文化的评价、对中国当代文化的分析和对其未来的策划希求，实在是中国现代化进程不可或缺的关键环节。所谓文化热，一般认为有三种不同路向，各以中国文化书院、二十一世纪研究院和以《文化：中国与世界》丛刊为核心的一群年轻人为代表。

1984年，中国文化书院在北京成立，我即是首批参加这一组织的积极成员。中国文化书院其实是一个兼收并蓄的多元化的学术团体。我的思想更接近于我的一些年轻朋友。他们认为：我们正面临着一个极其深广、复杂的文化冲突，这种冲突首先是有几千年历史的中国文化传统与正在形成的中国现代文化之间的冲突；任何一个民族实现现代化都不可避免地要使自己的旧文化（传统文化）蜕变为新文化（现代文化）。因为现代化归根结底是文化的现代化。为开创中国的现代文化形态就不能离开中国传统文化的基础，更不能不认真研究传统文化形态与现代文化形态在本质上的差别和冲突；还应着重考察西方文化是如何从其传统形态走向现代形态的。西方文化经过文艺复兴、宗教改革、启蒙运动、法国革命，创造了西方文化的现代形态，而英、法、德、意、俄诸国仍然保持着他们自己的传统文化特色。因此，不能固定地、抽象地讨论中西文化差别和关系，而应集中研究如何在历史性动态发展中促使中国文化挣脱其传统形态，蜕变为现代形态。二十一世纪研究院的前身是"走向未来丛书"编辑部，他们提倡普及科学知识促进文化现代化，并认为目前中国现代化的最大障碍就是守旧的、超稳定性的封建中国文化结构。

以一代学术大师梁漱溟为主席、冯友兰为名誉院长的中国文化书院一开始就提出要建设"现代化的、中国式的新文化"，要在"全球意识的观照下"重新认识中国文化。他们举办的首届"中外文化比较研究班"，函授学员一万二千余人，遍及全国各省、市、自治区，包括西藏、新疆。四十余名中老年导师多次分别到全国十多个中心城市进行面授，并与学生共同讨论。我曾于暑假参加过三次这样的面授；有些场面十分令人感动，使我至今难忘。每次参加面授的学员，大体都是二三百人，他们大多是中小学教师、中下层干部，特别是文化馆、宣传部的干部，也有真正的农民和复员军人。他们有的从很远的山区或边远小城徒步赶来，扛着一口袋干粮和装着纸笔及几本书的土布书包。他们不愿花钱租一个为他们安排好的学生宿舍床位，就露天铺张草席在房檐下或凉亭里睡觉。我常常和他们聊天到深夜，从他们身上学到不少东西。我发现在这些普通知识分子的心里，传统文化的根很深，这有好也有坏。例如他们大都认为"男尊女卑""男主外，女主内"是理所当然，我和他们讨论过多次，他们仍然认为我说的"男女共同主内，男女共同主外"根本不可行。记得那次在长沙岳麓山岳麓书院面授，我的讲题是"弗洛伊德在西方文化发展中的意义"。在朱老夫子当年大讲"节烈"的学术殿堂上讲弗洛伊德，心里觉得多少有些反讽意味。课后讨论，学员几乎认为以超我的道德原则来压抑自我的利害原则和本我的快乐原则是天经地义的事，否则就会你争我夺，天下大乱。我深有感触，真正使中国传统文化现代化，谈何容易！

"中外文化比较研究班"一方面讲中国文化，一方面介绍半个世纪以来西方文化的发展现状。研究班编写了《中国文化概论》《西方文化概论》《印度文化概论》《日本文化概论》《比较方法论》《比较史学》《比较法学》《比较美学》《比较文学》等十六种教材；除教材外，又编辑出版了导师面授的讲演稿四集：《论中国传统文化》《中外文化比较研究》《文化与科学》《文化与未来》，由生活·读书·新知三联书店出版。在各次演讲中影响较大的是"从文学的汇合看文化的汇合"和"后现代主义与文化的未来"。

前一篇讲演直到1993年，还由《书摘》杂志重新刊载，引起一些人的注意。我想这是因为我当时（1986年）特别强调经过长期的封闭，我们急切需要了解世界，更新自己。就拿马克思主义来讲，过去我们理解的马克思主义都是通过苏联，从俄文翻译传到中国，几经删削，其实只剩了《联共（布）党史》中总结的历史唯物主义三条、辩证唯物主义四条。至于德国马克思主义究竟是什么样子，我们确实知之甚微。我们不仅对马克思主义后来在西方的发展一无所知，就是对苏联马克思主义发展现状也知道得不多。例如当时苏联关于日丹诺夫的批判，对一般知识分子来说，也还是封锁的，而日丹诺夫1930年代对《星》和《列宁格勒杂志》的错误结论对中国文艺界的影响可以说真是具有灾难性！我说明我们如果不面向世界，就是连马克思主义也是不能真正了解的。而西方文化也有一个从"西方中心论"解放出来，面向世界的问题。在这一篇讲演中，我谈到20世纪以来，整个世界正在走向新的综合。20世纪，人类第一次从星际空间看到地球，看到人类共居的这个蔚蓝色的小小球体；地球似乎越变越小，十五小时即可到达地球的另一端，坐在电视机旁，所知顿时可达世界各个角落。马克思把人类社会作为一个整体来研究，提出社会发展的五种经济形态；弗洛伊德把人类自身作为一个整体来研究，提出意识、潜意识、本我、自我、超我等层次；法国学者德鲁兹认为全体人类发展都经历过无符号、符号化、过分符号化、解符号化等阶段；加拿大社会学家麦克卢汉将人类进化分为无传播、手势传播、语言传播、印刷传播、电讯传播等过程。这些都是把世界看作一个整体，对之进行宏观的综合分析。在这种大趋势下，任何一种文学理论如果是真正有价值的，就不仅只适合一种民族文学，而且也适合他种文学；文化理论亦复如此。任何一种文化所创造的理论都将因他种文化的接受而更丰富，更有发展。不同文化不仅不会因这种汇合而失去自己的特点，反而会因相互参照和比较而使自身的特点更为突出。

我的另一篇讲演"后现代主义与文化的未来"，目的也在于对一个中心、一个模式、一个权威的社会模式的冲击。我详细介绍了后现代主义所总结的深度模式的消失。也就是说一切现象后面并不一定有一个决定它的本质；一切偶然性后面也不一定有一个产生它的必然性；一切能指（符号）不一定与其所指（符号所代表的意义）固定相连；一切不确定性也不可能只产生一种确定性。过去我们常常强调"要看本质，不要只看现象"，因而原谅了很多现象的丑恶；又因为相信"认识必然就是自由"而把你不得不服从的种种，认为是必然，明明被强制了还以为是自由。我认为这种无深度概念的思维模式无疑对人类思想是一种极大的解放。我也谈到后现代社会对于大自然、对于潜意识、对于文化领域的商品化。文化商品成批生产，形成了固定的生活模式。如果说1960年代美国的"嬉痞"们曾抱着对生活的某种理想，反对公式化、程序化的生活；那么1970、1980年代的"雅痞"们的生活目标却是千篇一律：有一个好履历、好收入、小家庭、汽车、洋房、旅游、上饭馆……生活也成了一种成批生产的模式。事实上，在后工业社会，生活已经分裂成各种碎块。我谈到现代主义时期，人们虽也感到荒谬、焦虑、生活的无意义、异化等等，但人还是作为一个整体来感受的；到了后现代主义社会，人的生活是由人早已精心安排好的，正如假期旅行，下一步做什么早就有了安排，连什么时候看什么戏都是早已安排好的。在这种紧张的赶日程中，没有过去、没有未来，只有现在这一瞬，而现在却是零乱的、分裂的、非中心化的，就像五十部电视机同时放四部录像带。

现代意识

我并不认为因中国尚处于前现代经济状况，后现代主义就与我们无缘。事实上，当今任何地区都不大可能封闭、孤立、不受外界干扰，如上所述，后现代思维方式已经对我们起着很好的作用。我认为中国文化的未来就决定于我们是否能在古今中外的复杂冲突中，正确地以现代意识对中国文化进行新的诠释，所谓现代意识当然就包含了对西方文明的摄取，也包含对后现代思维方式的摄取。要改变中国、要发展经济，首先要改变中国人的精神，使他们从传统的精神负累和精神奴役中解放出来。要达到这一目的，西方新观念的冲击不可少。当然这种冲击所引起的改变首先是中国的，是在中国传统中所引起的改变，绝不会像鲁迅所讽刺的那样，吃了牛羊肉就变成牛羊的。我对那种鼓吹返回传统，以至否定五四的主张实不敢赞同；对当时盛行于文艺界的寻根思潮也有不同的看法。我对学员们说："只有已经失去，才有寻的必要。被卖到非洲的黑人要寻他们非洲的根，被放逐而流落异乡的人要寻他们的根，因为他们要返回自己祖先的文化；而我们就生活在这世代相传的土地上，好的、坏的、优秀卓越的、肮脏污秽的，都从那传统的根上生长出来。我们既未曾失落它，也无法摆脱它，还到何处去寻呢？而所谓文化传统，也绝非什么一成不变的根，仿佛是什么传家宝，只要拨开迷雾，就能再放毫光！事实上，传统就存在于每一代人的不同诠释中，它不是一种封闭的既成之物，而是开放的、不断变化的、正在形成中的将成之物；换句话说，中国文化就存在于现代人的现代意识之中，并由现代人的诠释和运用而得到发展。如果说现代意识的核心是全球意识，那么，从理论上来说，现代意识本身就包含了某些西方文明，我们以现代意识来重新诠释前人逐步发展起来的传统文化本身，就是一个中西文化碰撞交会的过程。"

我也强调了中西文化交会的过程中，难免有误读的可能，因为相互理解本身就是一个过程；况且我们也不能要求西方人像中国人那样理解中国文化，反之亦然。历史上，如伏尔泰、莱布尼兹、庞德、布莱希特等都从中国文化中得到灵感并发展出新的体系，他们对中国文化的理解也不见得就那样准确、全面、深入；为什么当我们的青年人从西方理论得到一点启发而尝试运用时，就要受到那样的求全责备呢？其实，如果能从某种文化中看到某一点，有所触动而且生发开去，即便是误解，又有什么关系？历史上往往正是某种意义上的误解促进了文化的发展，否则就只有千篇一律的重复；况且谁又敢保证他的理解就一定是正解，就那样符合原意？原意是什么，又如何才能证明呢？

我不仅强调了文化的历史变迁，也强调了其共时性的多元，无论中西文化都是如此。中国文化不仅有儒、释、道三家，而且还有许多民间的小传统。就拿对妇女的态度来说，儒家要求的三从四德模式也许被宣传得很多，但是小说戏剧中真正讨人喜欢的女孩却往往与此相反。《聊斋》中的婴宁、小翠，她们大胆、开放、敢说敢笑，能爬树、会踢球、爱演戏；穆桂英、扈三娘等刀马旦都是中国戏剧特有的形象；孟丽君、杜十娘更是在很多方面都胜过了男人。西方文化也是复杂多样，多层次的。19世纪以来，千百年发展起来的西方文化同时涌入中国，本是历时性的过程不能不被压缩成并时性的纷然杂陈。我们既不能重复其历史过程，又不能唯新是务，因为新的不一定都是好的或有用的。原则还应是拿来主义，为我所用。

我认为我的这些讲演所以受到欢迎，并不一定是因为我有什么深刻独到的见解，而是由于我说出了大家想说而又还不大敢说或暂时还不大愿意说的话。

扩大比较文学视野:关于中国和欧洲的两场现实主义论战

在关切中国文化发展讨论的同时,我进一步探索比较文学的一些领域:我颇不愿局限于"X在Y国"这样的模式,试图在更宏观的规模上进行影响研究。我为1988年在德国慕尼黑召开的国际比较文学学会第11届年会提交的论文,题为"关于现实主义的两场论战——卢卡奇对布莱希特;胡风对周扬"。1988年8月《文艺报》以整版篇幅登载了这篇文章,不久,《新华文摘》又进行了转载,随后收入了国际比较文学学会第11届年会论文集。我主要想说明1930年代后半叶发生的这两场有关现实主义的著名论战,一场发生在东欧,一场发生在中国,虽然相距遥远,但却紧相关联。这里既可包含直接影响的研究,也可包含并无直接影响关联的对比性平行研究。

1933年,卢卡奇流亡苏联,1934年被任命为苏联科学院院士。1933年至1939年间,一直是在莫斯科出版的《文学评论》与《国际文学》的主要撰稿人;布莱希特则流亡丹麦,并在1936至1939年间主持在莫斯科出版的德国流亡者统战组织"人民阵线"的机关刊物——德文杂志《发言》。1937至1939年间,卢卡奇与布莱希特的论战就是以《发言》为主要阵地展开的。先是卢卡奇的《论表现主义的兴衰》一文1934年在《文学评论》和《国际文学》相继发表,对当时在德国盛行的现代派——表现主义进行全面批判;1937年9月,他又在《发言》上发表文章,以个别作家为例论证表现主义必然引向法西斯主义。这一批评在左翼文化界引起了强烈的反响,包括著名理论家恩斯特·布洛克在内的三十余名作家、艺术家先后卷入了论战。1938年,卢卡奇在《发言》第6期上发表了带总结性的《现实主义辨》;1937年至1941年间,布莱希特针对《发言》上的讨论,亦即针对卢卡奇的论点,写了很多笔记。1967年,德国出版二十卷《布莱希特文集》时,这些材料的第一次问世形成了新的研究卢卡奇和布莱希特的热潮,对这场过去、然而又远未过去的论战,又产生了再讨论的兴趣。

胡风和周扬的论战开始于1936年。周扬自1932年即担任左翼作家联盟党团书记;胡风1929年至1933年留学日本,和周扬一样受到当时日本普罗文学运动和苏联文学影响,并参加了日本共产党,于1933年被捕,并被逐出日本。胡风回国后,曾担任左联宣传部长,行政书记,并于1935年编辑秘密丛刊《木屑文丛》,介绍苏联社会现实主义。1936年1月,周扬继1933年发表《关于"社会主义的现实主义与革命的浪漫主义"——"唯物辩证法的创作方法"之否定》之后,又在《文学》杂志上发表了长篇论文批评胡风关于典型的理解。胡风于《文学》2月号发表了《现实主义的——"修正"》为自己辩护；周扬又写了《典型与个性》，胡风则写了《典型论的混乱》进一步批评周扬并全面论述自己对现实主义的看法。由于1937年抗日战争全面爆发论争暂告停息，但问题并未解决。

这两次论战都发生在左翼文艺阵营内部，论辩双方都是有成就、有代表性、有广泛影响的左翼文艺战线领导人，他们长期以来都是在现实主义旗帜下从事文艺工作，也都企图用他们所理解的马克思主义来指导文艺。同时，这两场论战又都是在苏联共产党改变文艺政策的影响下产生并发展的。1931年至1933年间，苏联共产主义学院所属刊物《文学遗产》首次全文发表了马克思、恩格斯致斐·拉萨尔的信，恩格斯致保·恩斯特的信和致玛·哈克奈斯、敏娜·考茨基的信。1933年，苏联首次出版了由卢卡奇等人辑注的《马克思、恩格斯论文学：新资料》，为研究和了解马克思的美学和文学思想，特别是关于现实主义和典型塑造等问题打开了新的局面。卢卡奇的名篇《作为文学理论家和文艺批评家的弗利德里希·恩格斯》（1935）和他的关于《伟大的现实主义》一书的构思就是在这些新的数据的启发下形成的。在中国，瞿秋白在1932年首先编译了恩格斯的三封文艺书简，并发表在他主编的刊物《现实》上；1933年，鲁迅在他的文章《南腔北调集：关于翻译》中，从日文转译了恩格斯致敏娜·考茨基信中关于论述社会主义倾向的文学一段，并认为这种论述明确解答了当时众说纷纭的问题。还有一个因素就是20、30年代以来，和现实主义很不相同的文学潮流，如表现主义、超现实主义等在欧洲有了很大发展，在中国也有强烈反响。特别是1927年北伐革命失败后，一批青年人深感没有出路而苦闷彷徨。他们于1928年创办了《无轨列车》半月刊，大量译介日本的新感觉派和法国的保罗·穆杭。被查禁后又创办《新文艺》月刊；1932年创刊的大型综合刊物《现代》，主流是提倡现代主义；许多以纯艺术为宗旨的杂志相继出现。对他们来说，现实主义已成为"过时的墓碑"。面对这些新的文学现象，无论是在中国还是在欧洲，左翼文学都必须作出自己的回答。另外，无论是中国还是在欧洲，一场无法预料而又咄咄逼人的战争都已迫在眉睫。左翼文艺不得不面临如何团结更大多数作家投入反法西斯的严重问题。总之，两场论战有着共同的背景面对着类似的问题，但又很不相同。

首先是论战的焦点不同。东欧的论战主要集中在如何发展现实主义。卢卡奇坚持现实主义的精髓在于整体性和现实性，他认为："每一种伟大艺术，它的目标都是要提供一幅现实的画像，在那里，现象与本质、个别与规律、直接性与概念等的对立消除了，以致两者在艺术作品的直接印象中融合成一个不可分割的整体，'一般'是作为'个别'和'特殊'的规律出现的，本质在现象中显现，并使人能感受到的，规律表现为特殊地推动所描写的特殊事件运动的原因"。总之，所有的规定性都是作为行动着的人物的个性特征，作为所表现环境的特殊性质等等而出现的。这就是作品的典型性。布莱希特所看到的现实却是一个发展中的、尚未完全成形、完全不被理解的紊乱、烦扰、支离破碎的真实存在于20世纪的现实。他指出有些作家"觉察到资本主义造成的人的空泛化、非人化、机械化，并与之斗争，而他们自己似乎也成为空虚化过程的一部分"，他们"把人写成受事件驱赶的匆匆过客，他们与物理学一同进步……离开人的严格的因果关系，转向统计学……否定观察家的权威和对他的信赖，动员读者反观自己，提出纯属主观的东西，实则表现自己"。显然论战的症结就在于对现实的看法根本不同。既然现实已经改变，表现方式也就必须改变，不可能像卢卡奇所期待的那样，"牵住昔日的大师，创作丰富多彩的精神生活，慢吞吞地叙述，以控制事件的发展速度，把个人重新推到事件的中心位置等等"。因此，判断一部作品是否优秀的现实主义作品不能单看它像不像那些现成的、已经被称作现实主义的作品，而是要看它是否真正反映了当前的生活，即是"要把它对生活的表现与被它所表现的生活本身相比，而不是与另一部作品的表现相比"。布莱希特要求不要从某些现成作品中推寻出现实主义，而要准许现实主义的新的发展。关于文学如何作用于社会，卢卡奇与布莱希特的看法也不同：卢卡奇希望读者能接受作者所呈现的世界，他所关怀的是读者能否按照他的设计，通过个别去看到一般，通过现象去识别本质，通过偶然去认识必然。因此现实主义是一种工具或形式，引导读者通过它过去认识世界；作者所要追求的也不是自己的感知及其变化，而是自己感知到的"独立存在"的内容；布莱希特却认为并没有什么"独立存在"的内容，因为艺术是人们交流的一种形式，只有通过读者的理解才有意义，而读者对作品的理解又受着时代环境的限制而千变万化，所以更重要的不是作者描写了什么内容，而是作者如何感知现实，读者又如何感知作者的感知。布莱希特认为读者不应像卢卡奇所希望的那样沉浸于作者所营造的幻觉，而应和作者一起去感知和评判作者所描述的那个世界。现代主义提倡的意识流、内心独白、蒙太奇、大胆抽象、快速组合、拼贴技巧等，正是以传达作者的感知为目的，因此有其存在理由。综上所述，卢卡奇和布莱希特所争论的是如何理解现实、如何表现现实、如何起作用于读者等发展现实主义的问题。

胡风和周扬的论战却集中在如何保住现实主义的胜利，不致因服从某种政治需要而变质僵化。1936年，周扬发表了他的论文《现实主义试论》，强调"要达到现实的真实的反映，单凭才能和经验是断乎不够的"，"必须确保和阐扬"一个"完整的、各部一致的、没有内在矛盾的世界观"，有了这样的世界观，才能把握住现实的本质方面。而"未来的艺术就是把广大的思想上的世界观和最高度的丰富的艺术形式结合起来了的东西"。胡风则认为离开了活生生的生活，"只是演绎抽象的观念，那结果只有把生活弄成死板的模型、干燥的图案"。他坚持文学与生活的血缘关系，坚持"作品的价值应该是用它所反映的生活的真实来决定的，这种对于文艺的理解，叫做现实主义"。关于典型问题，周扬认为："典型的创造是由某一社会群里面抽出最性格的特征、习惯、趣味、欲望、行动、语言等，将这些抽出来的，体现在一个人物身上，使这个人物并不丧失独有的性格"；胡风则认为，对文艺来说，最根本的不是什么"抽出"或"体现"，而是用想象和直观来熔铸他从人生里面取来的一切印象。胡风的这些论文都收集在他1938年出版的《密云期风习小纪》中。

卢卡奇、布莱希特、胡风都曾以发展现实主义为己任，但他们强调的层面不同，对现实主义的贡献也就各异。卢卡奇强调的是作品与世界的关系。他始终相信世界的客观的整体性，并要求作品将这种整体性反映出来，"确实成为世界的一面镜子"而不要"就如同被打碎的镜子的小碎片那样"；因此，对作家来说，最重要的是"他是否能找到把那些零散的碎片组织成天衣无缝的整体的'艺术'的手法"，要做到这一切，"最大程度上有赖于艺术家的智力和道义上的能力的强弱和大小"。胡风首先强调的不是客观世界，而是作者的主观世界与客观世界融合的能力；不是作者的智力和道义，而是他的感性和热情。他比较重视作者本身的感知方式，认为：作家"由于自己有着征服黑暗的心，因而能血肉地突进实际的内容去认识和反映黑暗；由于自己有着夺取光明的心，因而能血肉地深入具体的过程去认识和反映光明"。和卢卡奇、胡风相比，布莱希特更强调读者的参与对现实主义的重要意义。他指出："现实主义的现实描写只有被读者理解时，才能形成现实的核心。从这个意义上说,现实主义只是相对的说是现实的",因此,"对真理的认识是作家和读者的共同过程,甚至是共同作业"。

关于现实主义的两次论战,距今已有半个多世纪,无论在东欧还是在中国,这都早已成为历史的陈迹。卢卡奇和布莱希特的论争显然更广泛更激烈,但并未对参与者带来什么个人的危害;胡风对周扬的论战却持续了近二十年,直到1954年,终于以镇压而告结束。周扬当然大获全胜,他的"现实主义"统治中国文艺界近三十年;而等待胡风的,却是二十余年监禁,1978年出狱时已是奄奄一息,不久即与世长辞。

关于主题和意象的探讨

我关于比较文学的研究首先从有实际联系的影响研究入手，这大概与我过去出身于研究文学史有关。但我越来越感到，完全没有事实联系的不同文化体系中的文学，也有非常重要的比较研究的价值，这些领域深深地吸引着我。1985年，我在为深圳大学主编的一套《比较文学丛书》（十二本）所写的"总序"中，提出从文学内容、文学形式、文学发展过程等领域广泛开展比较文学研究的想法。我为这套丛书所写的《比较文学原理》一书虽然自知力不能及，但仍然是从这几方面去努力的。

从内容方面来说，文学反映人的思想、感情和心理状态。人类共有的欢乐、痛苦和困扰，往往可以从全不相干的文学体系的作品中看到。例如自古以来，大量文学作品表现了爱情与政治，或社会、或道德观念的冲突：中国有《长恨歌传》《长生殿》等作品所写的杨贵妃与唐明皇的故事；日本有《源氏物语》所写桐壶帝与其宠妃更衣的悲剧；罗马诗人弗吉尔的十二卷史诗《埃涅阿斯纪》第四卷写迦太基皇后黛朵与埃涅阿斯的生死相恋；英国作家高尔斯华绥的巨著《有产者》写了英国上层社会几代人在爱情方面所遭受的苦难和不幸……当然，由于不同时代、环境、文化、民族心态的不同，共同的主题在不同的作品中有着很不相同的表现，但作者对于这一问题的基本态度——对纯真爱情的同情和对政治社会压迫的抗议则是基本相同的。关于共同主题的研究，在比较文学学科中称为主题学。

主题学是从19世纪德国民俗学者关于神话故事和民间传说的研究中发展起来的，主要研究同一主题在不同社会中的变迁，但这种研究曾被一些比较文学研究者所拒斥：或被指责为缺乏实证的事实联系，或被指责为缺乏对文学性本身的分析。但我认为作家对于主题的选择首先是一种美学决定，这种选择决定着结构的模式，题材的提炼和题材的表现。这牵涉主题如何通过各种艺术技巧被艺术地体现出来；同一主题如何由于不同的艺术表现而形成不同的艺术创作；同一题材又如何由于作者思想的不同深度而提炼出感人程度不同的作品等等。如果不把文学性的分析仅仅局限为语言分析，那么，这种主题和题材及其艺术表现的分析显然不应被排除在文学性分析之外。比较文学中的主题学研究当然是一种跨文化的研究：它研究不同的时代、不同文化地区的人何以会提出同样的主题；同时也研究有关同一主题的艺术表现、创作心态、哲学思想、意象传统的不同。它还包括主题史的研究，侧重于对各种常见的主题作深入发掘，系统地对其继承和发展进行历史的纵向研究：1927年顾颉刚先生就在他的《孟姜女故事研究集》中指出："一件故事虽是微小，但一样地随顺了文化中心而迁流，承受了各时各地的时势和风俗而改变，凭借了民众的情感和想象而发展。我们又可以知道，它变成的各种不同的面目，有的是单纯地随着说者的意念的，有的是随着说者的解释的要求的。我们更就这件故事的意义上面看过去，又可以明了它的各科背景和替它出主张的各种社会。"顾颉刚在这段话里相当清楚地说明了主题学研究的意义。

上述关于选择和表现主题的微观分析，关于跨文化主题传播的宏观分析，关于主题流变的历史分析又往往是结合在一起的。这里可以举台湾作家朱西宁写于1960年代的中篇小说《破晓时分》为例。这部作品取材于宋人话本《错斩崔宁》。《错斩崔宁》收入《醒世恒言》，题名《十五贯戏言成巧祸》，后来又有传奇《双熊梦》，昆剧《十五贯》。这些作品的基本故事都是写一起冤案：刘贵借来十五贯钱作生意，与其妾戏言是卖她所得。妾惧而潜逃，巧遇崔宁同行。这时刘贵被盗，且被杀，官府追及其妾，于崔宁身上搜出十五贯钱，遂以谋财害命，拐带潜逃，论罪处死。后来，刘贵之妻遇山贼，逼嫁成婚，发现此贼即杀其亲夫者，于是真相大白。在以上提到的几种不同作品中，同一题材有增删繁简的不同，但基本主题不外乎警告世人"祸从口出""善恶有报"。故事的圆满结局使读者或观众心安理得，感到"天网恢恢，疏而不漏"，一切都掌握于冥冥之中，自己可以高枕无忧。朱西宁的《破晓时分》对题材并无很大改动，只是略去刘贵妻与山贼的情节，止于崔宁与刘妾的无辜受害。但叙述角度完全变了，整个故事不再是出自一个全知的说故事人的叙述，而是出自于一个花钱买了衙役饭碗的农民第一天上任的所见所闻。官府衙门的腐败堕落，贪赃枉法，收买伪证，颠倒黑白，酷刑峻法，屈打成招……无一不在这个天真淳朴的农民心里引起强烈的厌恶和反感。他深感："我是吃不来这行饭的""吃饭是要活着，吃这种饭要把人给吃死的"。老衙役却鼓舞他说："一回生，二回熟"，会习惯的。既然农村没有出路，看来这位天性未泯的小青年也会逐渐熟起来，习惯一切的。这样，过去的"因果报应""戏言取祸"等主题就隐退了，恶的代表——贪官污吏并没有受到报应，悲剧发生的原因也不是戏言，而是整个社会法制的腐败。因为澄清事实的机会并不是没有，而是贪官污吏歪曲了它。《破晓时分》的主题就集中在对黑暗官府衙门的揭露，和对人性泯灭原因的追寻。作者暗示在那样的社会，要求生存，就不得不昧良心，而昧良心又支持了黑暗社会的长存。读者读完这部作品也不会再心安理得、置身事外，而会想一想自己的不闻不问是否客观上维持了那种惨无人道的社会秩序。显然，《破晓时分》用这一传统题材表现了全新的主题。这种主题的更新又是和西方思想观点艺术技巧的引进密不可分的。如果没有叙述者和叙述角度的改变，没有心理独白和气氛的渲染，没有对于中国读者"期待视野"的着意革新，没有为读者的欣赏和再创造留下更广阔的余地，就不可能突出《破晓时分》现在的主题。由此，不仅可以看到引进的观念对主题思想的影响，也可以看到引进的艺术技巧对于表达新的主题的必不可少。除主题学研究外，关于不同文化体系中，文学作品所写的文学形象、题旨、意象等都可以进行文学内容的比较研究。

中国文类学

在文学形式方面,我对中西文体的发展进行了一些比较研究。世界各大文化体系,大致都能找到诗歌、戏剧、小说三种类型的文体,而小说都是在诗歌、戏剧之后才发展起来的。如果用长篇小说这种文体来作一些对比分析,可以看到中国长篇小说与西方长篇小说显然有不同的发展源流。西方小说从史诗发展为中古传奇(romance)再发展为长篇小说;中国小说则从大量叙事文体发展为稗史、民间演义,加上佛经故事和市井短篇小说,逐步演化为长篇小说。但是,中西小说始终保持着一种同步的发展过程。首先,中、西长篇小说的产生都是和都市文化、商业化、工业革命、印刷术发展和教育普及分不开的;中国16世纪建立了以银洋为基础的新货币制度,拓展海运带来了新的贸易机会,加速了都市文化的进程,加以印刷业兴旺发达,东南沿海城市成为小说的总基地,《三国演义》《水浒传》《金瓶梅》等长篇小说遂繁荣兴旺起来。

其次,无论中外,长篇小说的发生发展往往以思想方面的动荡、新思想的产生作为背景。欧洲15、16世纪,哲学恢复了它的世俗性，对自然的观察和实验代替了经院派的繁琐思辨，因果律代替了目的论，理性代替了对权威的盲目崇拜，感性认识受到了空前重视，个性的全面发展成为新的生活理想，并促进人对各方面的探索。中国长篇小说的兴起与思想意识方面的巨大变革也有关系。15世纪以来，从王阳明开始，相信自己、相信良知、反对盲从、不再迷信权威的思潮日益发展，特别是泰州学派把"天理""良知""圣道"等通俗化为"愚夫、愚妇能知货行的日用之学"。李贽更是提出"颠倒千万世之是非""人人可以为圣人""童心即真心"等。总之，从王阳明到李贽这百余年间，中国思想界有了很大变化，这种变化显然为《金瓶梅》等长篇小说奠定了思想基础。

第三，无论中西小说都需要采取一种比较自由的语言媒体，以突破少数人对文化的垄断。西方小说自从但丁改用活着的意大利口语写作后，欧洲小说很快就普遍采用了明白易懂的语言来写作。中国的讲史、讲经本来就和民间口语很接近，《金瓶梅》《水浒传》都采用了远较其他作品更为自由的语文媒体。另外，中西小说在其发展的最初阶段，作品构造的小说世界大都深具批判性，法国的《巨人传》，中国的《西游记》都出现于16世纪，唐僧到西方极乐世界去取经，法国巨人到东方来寻求智慧的神壶，无论是前者对西方，还是后者对东方，都是一种对现存制度的否定，对另一种人生的追寻。同时，还可看到很多国家的小说都是从客观世界的描写开始，逐渐转而探求人物性格、生活经验、精神世界等复杂问题。由此可见中西小说发展的同步趋势和许多类同的特点。

文学形式研究的一个重要方面是文类学。我对文类学本没有独到研究，但看到美国学者威因斯坦在进行了一系列文类学研究之后，竟得出结论说："在远东国家中，迄今为止还没有按照类属对文学现象进行过系统分类"，不免心有不平，对中国有关文学现象进行系统分类的问题做了一番探讨。其实，早在两千多年前成书的我国第一部诗歌总集《诗经》，已经对诗歌进行了分类，风、雅、颂是以教化作用为标准分类：风，言一国之事，系一人之本；雅，形四方之风；颂，美盛德之形容（也有人说是以音乐曲调的不同分类）。赋、比、兴，也可理解为以艺术功能为标准分类：赋，敷陈之谓也；比，喻类之言也；兴，有感之辞也。东汉班固撰写的《汉书·艺文志》已按诗歌的不同风格，把赋分为"屈原赋""孙卿赋""陆贾赋"和"杂赋"四类；"杂赋"又按体制和题材分为十二种。曹丕的《典论·论文》提出"本文同而末异"，"末"就是指不同的文体。他将流行的文体分为四科八类，陆机又将之扩大为十类，并指出"诗缘情而绮靡""赋体物而浏亮"等不同文体特色。这十类中至少有七类属文学范围，包括了抒情文、叙事文、韵文和散文。稍后于陆机，出现了挚虞的《文章流别集》四十一卷和《文章流别志论》二卷。可惜两书均已亡佚，仅从残篇断简之中，尚能考见前者是一部按十一类文体编排的文章总集，后者则专论各类文体特点、源流及其代表作。两书体例大体先讲文体定义、形成由来，再讲历史演变、发展趋势、与其他文体的区别，这应是中国文体论的一部重要著作。《文心雕龙》是我国文类学研究的一个高峰。刘勰不仅建立了包含三十四种文类的大系统，而且在《体性》篇中，特别讨论了文体风格形成与作者性格及后天涵养的关系。他指出由于"才有庸俊，气有刚柔，学有深浅，习有雅郑"，根据不同的情性、知识和习染就造成了文章的千变万化，所谓"各师其心，其异如面"，刘勰举了许多实例说明"才、气、学、习"所形成的个人才情气质如何决定了他们的不同风格。他把这些不同风格归约为"八体"，又分为相对的四组：典雅和新奇、壮丽和轻靡、远奥和显附、繁缛和精约。刘勰认为文体风格的变化都在这个范围之中了，"文辞根叶，苑囿其中"。刘勰的文体研究不仅对中国文类学而且对世界文类学都有重大意义。当然，由于中国是从抒情诗开始，而且长期以抒情诗为主体，又由于儒家"文以载道"传统的影响各类应用文体如论、说、碑、奏之类占有重要地位，因此，中国的文类学在研究诗、词、歌、赋的同时也研究了论、说、碑、奏等非文学文体，而小说、戏剧等重要文体的研究又开展得较晚，这不能不说是中国文类学的一个很大局限，但不能因此就否定中国文类学的存在。事实上，中国的文类学家不仅探索了划分的多种标准，界定了各种文类的定义，论证了各种文体的区别，研究了各种文体的相互关系，探讨了各种文体的渊源，它还论及各种文体的变化，比较分析了各种文体的作家作品。中国文类学显然是一个不容抹煞的客观存在。

　　大型文集的编撰也是文学形式研究的一个重要方面。很多民族都有自己的大型文集和"集"的概念。编集要有一定的体例，使各部分能按照统一的标准，构成独立的实体，各个实体又能聚集为一个统一的整体，这就需要有一定的分类原则和排列标准。西方最早的文集编撰，大约起于希腊晚期，如品达的颂歌，因为这是各种节日赛会优胜者的颂歌，所以按节日赛会之年代先后进行编排；悲剧集的编撰则多以剧名字母的次序排列；约翰·邓恩的十四行诗集《皇冠集》是按前一首诗的末句即为后一首诗的首句，最后一首诗的末句又是第一首诗的首句这样的连环次序来编排的。德莱顿的《寓言集》又是按照主题如爱情、战争、侠勇、关于尘世的虚幻以及种种历史事件等来划分。总之，西方的文集多半按时序、字母顺序、主题等来分类编排。日本的诗文集数量多，组织严密。著名的《古今和歌集》基本上按照主题的不同分卷，各卷又按照严格的次序安排。例如第十一卷至第十五卷写爱情，其中又按爱情产生、发展、衰减的过程为序。日本的文集编排注重整体的组织及各部分之间的蝉联条贯。中国编撰文集的历史很早，除《诗经》外，《春秋》《易》《礼》《书》也都是一种文章总集。我国第一部按文体将诗文统一分类编撰的文学总集则是梁代萧统的《昭明文选》。萧统第一次把"事出于沉思，义归乎藻翰"的"美文"从经史典籍中分离出来，促进了后世文学的独立发展。他把所有带文学性的作品汇集起来，按文体分为"赋""诗""骚"等共三十九类,各类又按题材或功能分为若干类,如"诗"又分为"游仙诗""咏怀诗""招隐诗"等二十二类。《昭明文选》为我国大型文集编撰奠定了基础,但不免繁琐重叠,被后人批评为"分类杂碎"。我国历代都有大型文集的编撰,如《唐文粹》《宋文鉴》《元文类》《明文衡》等,大体沿用《文选》的分类方式。直到明代吴讷另编《文章辨体》,将古诗分为四言、五言、七言、歌行,将隋唐以后的近体诗分为律诗、排律、绝句。这是中国文集编撰第一次按照文学本身的形式特点来分类。后来,徐师曾在这个基础上写了《文体明辨》,对文体的搜罗更为详备,收录了一些很少见的文体,如"贴子词""乐语""青词""道场疏"等,对文体源流特点的辨析也更为精到。清代以后,这种广收详列、繁琐细碎的倾向发展到极端,引起了学术界的不满,《四库全书总目提要》就曾批评《文体明辨》,说它"千条万绪,无复体例可求,所谓治丝而棼者"。清代学者致力于克服列类繁琐,注意文体的归纳。如储欣的《唐宋十大家类选》、李兆洛的《骈体文抄》、曾国藩的《经史百家杂抄》、章太炎的《文章总略》都是把文章只分为几大门,尽量缩减分类,以收以简驭繁,纲举目张之功。其代表作当推姚鼐的《古文辞类纂》。该书将战国至清代的古文辞赋依文体分为十三类,并在《序目》中对各类文体的特点源流进行了归纳总结,体现了我国文集编纂的最高成就。

根据以上的分析,大体可以看出西方文集的编纂由于其拼音文字的特点，一部分以字母为序，一部分以戏剧、史诗为基础，按情节、主题来编排；中国文集以抒情诗和应用文为主，故多用内容范围和功能为编排原则，立纲缘目，并列排比；日本文集则多注重盛衰发展，采取蝉联条贯的次序。

文学与自然科学

除了对于文学内容和形式的比较研究外,最吸引我的就是文学的跨学科研究,特别是文学与自然科学的跨学科研究。这是和文学的跨文化研究很不相同的另一种研究。19世纪,进化论曾全面刷新了文学理论、文学批评以及文学创作的各个领域。20世纪,系统论、信息论、控制论、热学第二定律以及熵的观念对文学的影响也绝不亚于进化论之于19世纪文学。

在系统论之前,人类认识世界有两种方法:一种建立在相似、模拟的基础上(如甲和乙相似,认识甲即推断出乙);另一种建立在差异分类的基础上(按事物的不同特点分类对比研究)。系统论与这两种方法都不同,它把对象看作一个大系统而力图从中找出把各部分联结在一起,构成统一体的语码(code)。正是这种语码才使符号系统具有意义。结构主义者认为人类文化本身就是一个符号系统,离开这个系统,个体的特别行动是不会有意义的,除非它按照某种语码组织在某个符号系统之中。结构主义者的目标就是要破译隐藏在各种系统中的语码,发现其深层结构。系统论所提供的这种结构观念为文学研究打开了许多新的层面。例如俄国的弗拉基米尔·普洛普将俄国民间故事作为一个大系统来进行分析，发现故事中的人物虽是可变的，但其功能——即对发展故事有重要意义的行动，却总共不超过三十一个，其序列也往往有共同的模式，大抵都按照准备阶段、复杂阶段、转移阶段、斗争阶段、返回阶段、公认阶段来发展。在小说方面，托多诺夫把意大利小说《十日谈》的一百个故事加以分解和重组，找出了这些故事的基本模式。在戏剧方面，法国的索里欧认为是由六种特殊功能，通过五种组合方法构造起来的，这样可以组合成"二十一万个戏剧场面"。这些文学研究的新观念都是系统论的结构观念进入文学研究领域的结果。这种着重局部与整体之间的有机联系，在各种关系的改变和运动中寻求模式的方法本身就是一种动态观念，它所研究的对象是运动中的总体功能，而不是线性的因果关系，也不是必然性和偶然性分析的静态描述。

信息论也是更新文学观念的一种重要理论。信息指的是人们在适应外部世界的过程中，与外部世界进行交换的内容。这种交换之所以有价值，就是由于它本身的不确定性。如果某一事物发送者和接受者来说，都已确知无误，交换就没有必要，信息也就失去意义。信息可以用不同的编码方式，转换成某种符号，通过一定的信道加以传递。信息源——编码器——传输信道——译码器——信宿（信息的归宿）形成了信息流动的系统。文学家和艺术家进行创作，就是把自己的思想转变为他人可以接受的信息；文学欣赏也就是把这些信息按自己的理解还原为自己可以接受的内容，达到信息传播的目的。在这一全过程中，作家其实起着编码器的作用，这种作用有两个层次：第一层次是把来自生活（信息源）的种种感受加上自己的主观变形或折射，转换成信息在头脑中储存，这是第一次编码；第二次编码是把已经储存的各种信息转换为读者可以理解的符号，即作品。第一次编码受到作者主观能力的局限，第二次编码受到作者客观表达能力的局限。传输信道就是诗歌、小说、戏剧等具体作品。欣赏者实际上起着一个解码的作用。这种译码器也有两个层次：首先是将信息译为自己可以理解的意义，如果欣赏者根本不懂作为信息载体的某种语言，或对于音乐、美术全无理解能力，译码就不可能进行，信息流动也就停止。其次，理解之后，欣赏者还要根据其文化水平、社会经历、知识积累、美学情趣、个人爱好等来进行第二次译码，然后才能达到欣赏的目的。从总体来说，这种信息的传播和接受，又在一定程度上使客观生活与原来略有不同而丰富了客观生活，这就是信息传播过程对信息源的回馈；因此，一些伟大作品往往造就了一代风尚，历史上不乏其例。信息论关于最优化的原理对文学艺术也有密切关系。文学艺术作为一种信息，它的本质是不确定性。如果一部作品所发送出来的信息全是确定无误的、已知的东西，这就会是一部陈旧无物的作品；反之，如果这些信息是全新的，与读者原来的期待视野全然不同，读者就会感到陌生而难于接受。如何才能在信息的新颖度和可理解性之间找到一个最优的选择呢？从理论上来说，信息论可以通过大规模的、系统的统计数据，在定量分析的基础上对此作出回答。翻译，是将一组信息编码的符号系统基本上不失原意地改变为另一种信息编码的符号系统。从信息论看来，语义型信息是较易于转换的，而审美型信息则较难。一般来说，小说、神话等叙事性较强的作品属于前者，诗歌、戏剧等属于后者。诗歌中的审美型信息远较语义型信息为多，因此，诗歌翻译往往只能是一种再创作。审美型信息是一种多余的信息量，即相对于语义型信息来说，它是在传递相同的信息量的严格需要之外的多余的符号。这种多余的信息量既不能脱离创作主体，也不能脱离审美主体而存在，它往往是在编码中有所暗示，而在译码时得到不同的实现和充实。要在信息的新颖度和可理解性之间找到最优方案，对于多余信息量的定量分析是很重要的一环。信息论的发展和计算机的出现，使运用统计学方法进行文体风格和个人艺术特征的辨析成为可能。科学家们通过不同作者用词的频率、词长、句长、词序、节奏、韵律、特征词等等的综合、分类、统计来确定难以描述和定性的不同作者的风格特色，判断作者的真伪。

除此而外，从热力学第二定律所引出的耗散结构和熵的观念也逐渐渗透到社会科学和文学研究领域之中。熵是混乱程度的测量标准。在一个封闭的体系中，层次较高的、较有秩序的位能做功，能量耗散，而产生层次较低的、较无秩序的位能。这是一个不可逆的、能量越来越少的过程，也是测量混乱程度的熵越来越大的过程。熵的增大打破了一切秩序，淹没了一切事物的区别和特点，使一切趋向于混沌、单调和统一。按照这种理论，全世界可做功的总能量会越来越少，在这个过程中，一切都会变得陈旧、已知；新鲜的、未知的、按特殊秩序排列的事物越来越罕见，这就是熵越来越大的状态。例如一个人，如果他把自己改变成一个隔离体系，既不摄取食物，又不通过感官来吸收外界的信息，并有所反应，真像《庄子》所说的那个没有七窍，不能"视听食息"的混沌，他的熵就会越来越大，在一片无秩序的混沌中，无动无为，终至静止、平衡，永远衰竭、死寂。

熵的观念在美国小说中引起很大反响，著名的美国作家，如索尔·贝娄、厄普·戴克、梅勒等都曾在他们的作品中多次谈到熵的问题。著名的美国后现代作者品钦的一篇短篇小说题目就是《熵》，实际上，《熵》几乎等于他后来的许多作品的一个序言，他的作品，如后来的《万有引力之虹》等，无不笼罩着熵的阴影。女作家苏珊·桑塔在她的名作《死箱》中，描写一切事物都在瓦解枯竭，趋向于最后的同质与死寂。这种担忧与恐惧在当代美国作家的许多作品中都可找到，特别是他们精心描绘的那种，某事或某人从充满活力的创造性的运动逐渐走向无力与死亡的无意义重复动作的情形，确实令人触目惊心。在美国，作家被视为反熵英雄，因为他们始终挣扎着反抗社会运作的趋于统一化，他们的作品如果不是陈词滥调，就会带来一定的信息，信息就是负熵。正是作家的刻意创新，不断降低熟悉度，追求陌生化使他们成为反熵英雄。

要防止熵量的增加，就必须突破隔离封闭的体系，不断增加信息量，不断改变主体的结构，以适应新的情况。比利时物理学家普利高津把时间的不可逆观念引入物理、化学研究，对不平衡态进行了考察，提出了耗散结构的新概念。他认为平衡态是线性的、可逆转的，如氢和氧可化为水；在一定条件下，水又可分解为氢和氧。不平衡态却是不可逆转的，它不断与外界交换物质和能量，随时结合新机，构成新质，因此，不断与原状偏离而无法返回。我对普利高津的高深理论并没有深入研究，但他的这些观念却对我深有启发。比较文学的研究对象不是 A-B-C 的线性演化史，而是把文学作为一个有生命的、开放性的、动态体系来研究。它不仅研究一种文学系统与另一种文学系统之间的相互交换，互相作为参数而形成不平衡态，而且也研究其他艺术、社会科学、自然科学对文学渗透而形成新的不平衡态。比较文学总是以不可逆的不平衡态，新质的产生、发展和突变为自己的研究对象。这种不平衡态既继承着原来的旧质，又开始了新阶段的萌生，它要求创作主体和审美主体都要突破自身的封闭，成为一个善于结合新机，释放能量，变成新质的新颖、独创的开放性体系。

除此之外，在跨学科研究的其他领域，即文学与其他人类思维表达方式的关系方面，如文学与心理学，文学与哲学、社会学，文学与其他艺术形式等，我都作了一些初步探索，在此不再一一提及。

总之，我把我这两部出版于1980年代后半叶的学术著作《比较文学与中国现代文学》和《比较文学原理》都看作文化热的一种结果，因为在我看来，文化热的核心和实质就是酝酿新的观念。一切变革和更新无不始于新的观念。新观念固然产生于形势的需要，同时也产生于外界的刺激，两者相因相成。要促成我国悠久文化的发展新阶段，首先要有不同于过去的新观念。文化之所以热，就热在争相酝酿新观念，这就要求人们认真了解近年来世界发生了什么，有哪些新的东西可供参考，又如何为我所用。因此，文化热偏重于考察世界，研究中国文化与世界文化的接轨，毫不足怪。

8 料想不到的 1980 年代的终结

中国知识分子素有"议而不治"的传统，
一旦转为"不议而治"，
就成了政治家、实践家，
而不再是典型的知识分子。

献给自由的精魂

早在1988年3月,为纪念北京大学九十周年校庆,中国文化书院决定编写一本《北大校长与中国文化》作为献礼,以表彰对中国文化有重大贡献的北大校长们。我们终于创纪录地在一个半月内全部完成了编写、校对和印刷、出版工作,由三联书店发行。新书在五四前后,校园内外十分畅销,足可与北大出版社出版的另一本纪念北大九十周年校庆的畅销书《精神的魅力》相媲美。全书从孙家鼐、严复、蔡元培、胡适、汤用彤,一直写到马寅初、翦伯赞、季羡林。"附录"则专门写了对中国文化卓有贡献的三位北大著名教授:梁漱溟、陈独秀、朱光潜。

我为这本书写的序,题目是"自由的精魂与文化之关切"。我提出北大九十年来立校的根本精神就是学术自由。北大自由精神的奠基者蔡元培校长早就指出:"大学不是养成资格、贩卖知识的地方",也不只是"按时授课的场所","大学也者,研究学问之机关","大学生当以研究学术为天责",学者则更"当有研究学问之兴趣,尤当养成学问家的人格"。他抱定学术自由的宗旨,在北大实施了一系列改革,正如梁漱溟先生所回忆:"他从思想学术上为国人开导出一新潮流,冲破了社会旧习俗,推动了大局政治,为中国历史揭开了新的一页。"梁漱溟特别强调这一大潮流的酿成"不在学问""不在事功",而在于蔡先生的"器局大"和"识见远"。所以能"器局大""识见远",又是因为他能"游心乎超实用的所在"。我认为这个"超实用的所在"讲得特别好。大凡一个人,或拘执于某种具体学问,或汲汲乎事功,就很难超乎物外、纵观全局、保持清醒的头脑。中国知识分子素有"议而不治"的传统,一旦转为"不议而治",就成了政治家、实践家,而不再是典型的知识分子。在我看来,知识分子首先应从事文化方面的职业,不仅在当前社会政治方面起一定作用,而且更重要的是对追求普遍原则有一种自觉。他们一般都是把文化考虑置于社会考虑之上,不为暂时的社会利益牺牲文化原则,这使他们和有时不得不向现实的"半真理"妥协的政治家有所不同。

北大的校长们,很多都曾有过不和"政治家难于避免的半真理妥协"的经验,他们总是敢于"在理想与现实之间保持某种张力"。直到今天,每当我们困扰于计划生育的两难境地,我们总是不能不想起马寅初校长和他的《新人口论》。1957年马校长将他多年来思索的结晶《新人口论》按正规手续提交第一届人民代表大会第四次会议,指出控制人口十分迫切、十分必要。不幸他竟被指责为反动的所谓"新马尔萨斯人口论",回答他的是划为"右派",组织百人围剿。他十分愤慨地写了《重申我的请求》一文,鲜明地表现了一个杰出知识分子坚持真理的悲壮之情。他说:"我虽年近八十,明知寡不敌众,自当单身匹马,出来应战,直至战死为止,绝不向专以力压服、不以理说服的那种批判者们投降!"如果马校长当时所面对的政治家多少能听取一点不囿于眼前实利而从长远利益出发的真知灼见,马寅初对中国社会文化的贡献将无可估量。马寅初所以能高瞻远瞩,从某种程度上来说,也正因为他不是一个实行者,他只是一个知识分子,他的位置是"议而不治"。这就保证他可以摆脱一些局部和暂时利益的牵制,不需要屈从于什么人而以自己的独立思考和智慧造福社会。然而,仅只是做到一个议字,又谈何容易!马寅初校长最后的名言是:"为真理而死,壮哉!为真理而生,难矣!"这确是一个知识分子的肺腑之言,也是他一生的总结。

相反,北大也有一些校长,他们同时是朝廷重臣,如孙家鼐校长,他虽也有开明思想,也有重振国威、兴办教育的志向,但他毕竟是官,所以和康有为、梁启超不同,终于不能越政府的雷池。严复校长,这位向西方寻找真理的先进中国人,被袁世凯拉入政府,脱离了"议而不治"的地位就无可避免地屈从于实际政治,失去了价值中立的学术。

作为知识分子的杰出代表,北大大部分校长对文化都怀着极深的关切。九十年来,再没有比中西古今之争这个百年大课题更引人注目,更得到关切的文化大课题了。如果说孙家鼐校长囿于他的地位,只是把中西关系局限在"中学为主,西学为辅"的层次上,那么,严复校长提倡的却是:"非西洋莫以师",他的

《天演论》之问世,如"一种当头棒喝""一种绝大刺激",以致"几年之中,这种思想像野火一样燃烧着许多少年人的心和血"。(胡适《四十自述》)严复提出"自由为体,民主为用"的普遍追求,超越了体用之争;他还提出"开民智,奋民力,和民德"等口号,主张以教育为本,也就是从文化方面来解决社会问题。胡适校长进一步把中西关系放进时间的框架来考察。他认为,"东洋文明与西洋文明的界限是人力车和摩托车的界限"。摩托车、电影机所包含的精神因素要远远大于老祖宗的瓦罐、大车、毛笔。"我们不能坐在舢板船上自夸精神文明,而嘲笑五万吨大轮船是物质文明"。胡适认为中西文化的差别首先不是地域的差别,而是时代的差别,也就是发展阶段的差别。中国传统文化需要从中世纪进入现代化。梁漱溟第一次从西方、印度、中国三种文化系统的比较中,从世界文化发展的全局中来研究中国文化。他认为这三种文化是递进发展的,应互相学习补充。从世界格局来研究文化,就有一个相互交流的问题。汤用彤校长特别强调了文化交流的双向性。他在《文化的冲突与调和》一文中指出两种文化的碰撞绝不可能只发生单向的搬用或移植,即使发生,也是没有生命力的。外来文化输入本土,必须适应新的环境,才能在本土文化的矛盾冲突中生存繁衍,因此它必然在某些方面改变自己的本来面貌;在这个过程中,它又必然被本土文化吸收融合,成为本土化的新成分。无论是外来文化还是本土文化,都不可能保持原状而必融入新机,这就是文化的更新。汤用彤校长以毕生精力研究了印度佛教与中国文化的关系，他将这一过程归结为：因见表面的相同而调和，因见不同而冲突，因发现真实的相结合而调和三个阶段。他的魏晋南北朝佛教史和魏晋玄学的研究都可视为这一结论的印证。季羡林校长对这个问题也曾有精到的发挥。他在《传统文化与现代化》一文中指出，传统文化代表文化的民族性，现代文化代表文化的时代性。季先生认为二者相反相成，不可偏废。时代化（或现代化）的标准应是当时世界上文化发展的最高水平，任何文化的现代化都应与这一最高水平看齐。未来的希望就在于赶上世界文化发展的最高水平，并在这一过程中对中国传统文化进行新的诠释。

北大的自由精神容纳了人们对真理的追求，容纳了自由讨论，也容纳了个人人生信念和爱的不同。蔡元培时代的北大就容纳了许多完全不同的人物。正如马寅初校长所回忆的。"当时在北大，以言党派，国民党有先生（指蔡元培校长）及王宠惠诸氏；共产党有李大钊、陈独秀诸氏；被目为无政府主义者有李石曾氏；憧憬于君主立宪，发辫长垂者有辜鸿铭氏。以言文学，新派有胡适、钱玄同、吴虞诸氏；旧派有黄季刚、刘师培、林损诸氏。"这些人都可以保留自己独特的思想和信念，从不强求统一。正是这种不统一，才使蔡元培时代的北大如此虎虎有生气。我认为九十年来，北京大学的校长们，从已故的蔡元培、马寅初、翦伯赞（在文化大革命中与夫人双双服毒自尽），到仍健在的季羡林都曾为维护这种独特性、创造性，不苟同、不随俗而付出过昂贵代价以至生命。他们是自由的精魂,他们的功业将没世永垂。

回想起来,我写这篇序时,真是信心百倍,对当时的政府充满信任和感激之情。我曾这样写道:"目前,一个新的历史时期正在我们眼前展开。'面向世界、面向现代化、面向未来'的正确方针为我们古老的民族注入了无穷的生命力;开放政策为彻底摧毁昔日'万喙同鸣,鸣又不揆诸心'的封闭体系提供了最有力的武器。"我还说:"正是在这样全民共振奋的形势下,北大现任校长率先提出了把北大建设成全世界第一流大学的壮志宏图。果真如此,则今日北大人将无愧于往昔自由精神之前驱。"

现代保守主义的提出

1989年4月,我们从香港回到沸腾的北京,立即投入"五四运动和中国知识分子问题"国际学术讨论会的紧张准备工作。这是中国文化书院与香港中文大学、香港大学、二十一世纪研究院联合为纪念五四运动七十周年而举办的一次大型国际学术会议。

我向大会提交的一篇论文,题目是"重估《学衡》——兼论现代保守主义"。意在进一步研究数十年来,由于意识形态影响而被排斥到边缘的一些知识分子群落。我首先就注意到曾被鲁迅一语定论,七十年不得翻身的《学衡》杂志。鲁迅的名篇《估〈学衡〉》断言:"夫所谓《学衡》者,据我看来,实不过聚在'聚宝之门'左近的几个假古董所放的毫光;虽然自称为'衡',而本身的秤星尚且未曾钉好,更何论于他所衡的轻重是非!"从此,《学衡》杂志几乎在各种文学史中都成了批判对象。我对此多少有些怀疑,但深感证据不足,在哈佛大学接触到当年号称哈佛三杰的吴宓、梅光迪、汤用彤与当年哈佛大学教授爱文·白璧德所倡导的"新人文主义"的关系之后,觉得《学衡》的问题必须重新探讨。《学衡》杂志创刊于1922年1月,一直正规按月出版,至1926年底,出到六十期。1927年停刊一年,1928年1月复刊,改为双月刊,1930年,再度停刊一年,1931年复刊,此后时断时续,直到1933年出版第七十九期终刊。十一年来,一以贯之,皆由吴宓担任总编辑,并一直在中华书局出版,这种一贯性,在五四以来的众多期刊中实属罕见。曾为《学衡》撰稿者不下百余人,大多是三四十岁的中青年知识分子;《学衡》的核心人物:吴宓、柳诒徵、胡先骕、梅光迪、汤用彤等都是当时的大学教授,绝大部分曾留学国外,知识结构、年龄、社会地位都与新文化运动其他领导人相仿。当时,新文化运动激进派认为,要拯救中国就必须彻底批判旧传统、抛弃旧文化,在新的现实需要的基础上重建新文化。与此相反,《学衡》派诸公认为不能割断历史,必须承认过去与现在的连续,他们的理由有三:第一,如吴宓所说:"论学论事,当究其始终,明其沿革,就已知求未知,就过去以测未来。人能记忆既往而利用之,禽兽则不能。"(《论今日文学创造之正法》)第二,他们认为人文科学与自然科学不同,不能完全以进化为依据,不一定新就比旧好,也不一定现在就胜于过去。所谓"物质科学,以积累而成,故其发达也,循直线以进,越久越强,越晚上越精妙;然人事之学,如历史、政治、文章、美术等,则或系于社会之实境,或由于个人之天才,其发达也,无一定之轨辙,故后来者不必居上,晚出者不必胜前",不能"以新夺理"。(吴宓《论新文化运动》)第三,他们认为历史有变有常，常就是经过多次考验、在经验中积累起来的真理。吴宓强调必须了解、拥有通过时间考验的一切真、善、美的东西，才能应付当前和未来的生活，这种东西是世界性的，与任一时代的精神相合。吴宓认为全世界都在进行着同样的斗争；对中国来说，一方面是"人文主义、国家传统与古人的经验、智慧"，另一方面是"民主政制、仿效西洋、创新、放纵与反叛"。他认为这一斗争的结果直接关系到中华民族的存亡，只有找出中华民族文化传统中普遍有效和万古长存的东西才能重建我们民族的自尊。(《中国的新与旧》)

另一个有意思的现象是无论激进派还是学衡派，对现状都表示了强烈的不满而急于向西方寻求真理。后者引进西学的热情完全不亚于前者。如梅光迪所说："彼土圣哲所惨淡经营，求之数千年而始得者，吾人乃坐享其成。故今日之机缘，实吾人有史以来所罕睹。"但学衡派的引进西学与激进派有两点明显的不同。这就是梅光迪所标举的两项标准：其一是被引进的东西必有正当之价值，而此价值当取决于少数贤哲，不当以众人之好尚为依据；其二是必须实用于中国，即与中国固有文化之精神不相背驰；或为中国向所缺乏，而可截长以补短者，或能救中国之弊，而有助于革新改进者。(梅光迪《现今西洋人文主义》《评提倡新文化者》)因此，他们鄙视"顺应世界潮流""适应时势需要"等说法，认为那无非是"窥时俯仰""与世浮沉"，真正"豪杰之士"倒是"每喜逆流而行"。梅光迪认为"真正学者为一国学术思想之领袖、文化之前驱,属于少数优秀分子,非多数凡民所能为也",而平民主义之真谛并非"降低少数学者之程度,以求合乎多数",而是"提高多数之程度,使其同享高尚文化",若"以多数人所不能企及之学问艺术为不足取",而"人类之天性殊不相齐",那么,文化就不能更新。

同是对中国现状不满,同是向西方寻求真理,激进派皈依马克思主义,自由派找到杜威、罗素,保守派却以白璧德为宗师。究竟是西方的大师们造就了自己的后继者还是向西方寻求真理的中国学人本就有自己的皈依,因而选择了自己的引路人,是一个很值得研究的问题。但有一点却非常清楚,那就是五四以来,中国的改革已汇入世界运动的洪流。世界争论的大潮包括白璧德与杜威的争论,科学主义与泛情主义引起的广泛怀疑,以及斯宾格勒有关"西方的没落"的预言,都不能不在中国激起强烈的反响,促使一大批中国人参加这一世界性对话的行列。从学衡同仁来看,这一现象尤其明显。首先,他们已摆脱五四前"国粹派"把国粹看作一种"已成之物"来加以保存的封闭性状态,他们强调的是"欲以欧西文化之眼光,将吾国旧学重新估值",因此,必须对中外历史、社会、风俗、政治、宗教诸端,以及中国传统典籍、欧美重要著作充分加以研究。(胡先骕《论批评家的责任》)吴宓更清楚地表明:"宓亲受教于白璧德师及穆尔先生,亦可云宓曾间接承继西洋之道统而吸收其中心精神。宓持此区区所得以归,故更能了解中国文化之优点与孔子之崇高中正。"(吴宓《吴宓诗集·空轩诗话》)这种以融合了西方意识的现代意识来重新解释中国的传统文化,就使传统文化不同于过去而有了新的意义。其次,由于第一次世界大战后西方社会的动荡,加以《西方的没落》《欧游心影录》等著作的影响,人们开始感到中国传统文化对世界具有了新的意义。例如柳诒徵在他那篇《中国文化西被之商榷》中,就提到由于"交通进步,渐合世界若一国",由于西方人感到自己文化的弱点,中国人认识到除金钱武力外,还有文化一途,中国文化的西传已经提到日程上来。当然,这并不是说"间闻三数西人称美亚洲文化,或且集团体研究,不问其持论是否深得东方精神,研究者之旨意何在,遂欣然相告,谓欧美文化迅即败坏,亚洲文化将取而代之"。(汤用彤《评近人之文化研究》)在这种交流的基础上,学衡派提出"世界将来之文化必集东西文化之精髓而杂糅之"。(胡稷咸《批评态度的精神改造运动》)吴宓更是从一开始就提出:"中国文化以孔教为中枢,以佛教为辅翼;西洋之文化,以希腊罗马之文章哲理与耶教孕育而成。今欲造成新文化……则当以以上所言之四者……首当着重研究,方为正道。"(《论新文化运动》)这与1921年9月白璧德以"中国与西方的人文教育"为题的一次讲演完全相合。在这次讲演中,白璧德指出中国文化传统与西方文化传统,"在人文方面,尤能互为表里,形成我们可谓之'集成的智慧'的东西"。他建议在中国学府"把《论语》与亚里士多德的伦理学合并教授,而在我们的学府里,也应该有学者,最好是中国学者来教授中国历史与哲学"。他认为这是"促进东西方知识界领袖间的了解的重要手段"。他甚至提出"为了取得人文主义对功利主义和泛情主义在东西方的胜利,应该促成一个人文国际"。(白璧德《中国与西方的人文教育》,转引自侯健《从文学革命到革命文学》)在这样的国际基础上产生出来的新文化,必然不同于原来的西方文化,也不同于原来的东方文化。正如吴芳吉所说:"复古固为无用,欧化亦属徒劳。不有创新,终难继起,然而创新之道,乃在复古、欧化之外。"(《再论吾人眼中的新旧文学观》)

总之,以学衡为代表的中国现代保守主义不再闭守一隅,它属于世界。学衡派诸公从民族主义、不满现实出发,选择了温和的改良主义途径,建立起自己的保守主义体系。这个体系的特点,说它是"存旧立新"也好,说它是"推陈出新"也行,总之是没有造成断裂,也没有形成封闭。当然,它也有很多谬误,特别是在那个时期总觉有些不很相宜,与主流不很合拍;但出现于1922年1月的"学衡现象",是否也可以算是对五四新文化运动的一种反思,试图正视其弱点而另觅途径呢?不可否认的是,《学衡》也是五四的产物,没有五四,就不会有《学衡》,而且它总算以自己的声音参加了世界文化运动的合奏。其实,保守主义、自由主义、激进主义往往存在于同一框架,它们之间的张力和搏击正是推动历史前进的契机。五四时期,以李大钊、陈独秀为代表的激进派,以胡适等人为代表的自由派,先以严复、林纾,后以《学衡》为代表的保守派无非都是针对面临的问题,显示出不同的反应和不同的思考层面。这些问题又不外乎如何对待传统文化如何接受西方文化,如何建构自己的新文化。作为一种历史现象,在我们讨论重建中国文化时,对前人走过的路,似应拨开情感和惰性之迷雾,作一番全面的回顾。我认为关于《学衡》史料的较为全面的阅读,引起了我的学术思想的一大转折。我逐渐较为深入地和过去支配我的、趋向于激进的泛情主义决裂,也就是和曾经禁锢我的某种意识形态决裂。这使我能更全面、更冷静地看待历史的方方面面。

9　1990年代：从文化热到国学热

在任何情况下，中国不可能再回到拒斥外来文化的封闭状态，我不赞成狭隘的民族主义，不赞成永远保留东方和西方二元对立的旧模式，也不认为中国中心可以代替欧洲中心。

后新时期:中国知识分子的剧变

1989年后,中国进入了后新时期,这是全然不同于十年新时期的另一种时期。我曾多次震惊于中国高层领导变换乾坤的神力。记得文化大革命后期,红卫兵五大领袖,谁也不听谁的,这里夺权,那里反夺权;武斗升级,烽烟四起,全国群众分为两派,誓不两立……谁也不知道这十年动乱何时收场,如何收场,能不能收场?然而,说收就收,解放军宣传队和工人宣传队一进驻,不收也得收!1989年震撼世界的政治风波也是如此,政府在短短时间内,竟能扭转乾坤,使大家对政治的热衷齐刷刷地全都转向了经济。我也平安地渡过了难关,除被取消出国资格,不准我按已签订的合同去美国得克萨斯州立大学讲课一年外,并未对我采取什么特殊措施;不久,又批准我去日本出席国际比较文学学会在东京召开的理事会。1990年,我和老伴又去加拿大接受了麦克马斯特大学授予的荣誉博士学位。不许我出国的禁令似乎很快就得到了解除。

在后新时期,学术界发生了很大变化。一部分知识分子自称应该边缘化,批判了传统知识分子以天下为己任的忧愤情结。

他们指出过去的知识分子总以为自己的学问有普救世人之功，定能推动社会前进，达不到目的就郁郁不得志，其实，这只是一种传统的禁锢，这一根本不可能实现的白日梦实在使知识分子活得太累，太累。他们认为学术应该充分学院化，做学问，无非为自己高兴，离政治越远越好；另一部分人则提出学术的规范化问题，强调资料第一。君不见，多少以"新观点""新方法"取胜，而曾振聋发聩的文章，不都成了过眼烟云？唯有"真正的"学术数据永存。还有另一些知识分子，年纪大一些的准备不问世事，安度晚年；年纪轻一些的则跃跃欲试，准备一掷自己的青春，在海中作一番遨游。1990年代的国学热就这样悄然兴起，于不知不觉中取代了1980年代的文化热。如果说1980年代的文化热热衷于引进新的观念和方法，力图从新的世界性角度来重新审视中国文化；那么，1990年代的国学热则强调从本土文化出发，从本土文化本身酝酿出新的观点和方法。他们信奉"越是民族的，越是世界的"，相信只有不受任何外来影响的、纯而又纯的本土文化才能称雄于世界，以至取代过去欧洲中心论的位置。更有意思的是从西方最新传入中国的后殖民主义，从另一方向加强和肯定了国学热。后殖民主义强调西方以其文化霸权强行诠释东方，强使殖民地或第三世界处于一种失语状态，只能用西方话语表述一切。因此，对于东方各民族来说，第一要义是颠覆西方的文化霸权。这就使强调国学的人们更趋向于拒斥外来的东西而回归本土的一切。

"野蛮精悍"的新鲜血液

我生活在这样的潮流中,当然也不能不受其影响,但有一点,我绝对坚持,那就是在任何情况下,中国不可能再回到拒斥外来文化的封闭状态,我不赞成狭隘的民族主义,不赞成永远保留东方和西方二元对立的旧模式,也不认为中国中心可以代替欧洲中心。国学热中的一个大热点是关于陈寅恪的重新评价。延续着我对吴宓的研究,我也参加了有关这一问题的讨论。1990年,我写了一篇题为《文化更新的探索者——陈寅恪》的论文。(载于《北京大学学报》,1991年第4期)我首先提出:"论者多以寅恪先生为中国文化之承传者、固守者、史料集成者,这固然不错,然而仅仅以此涵盖先生之学术襟怀、伟大一生,则不但远远不够,甚且未得先生之真精神。"我认为陈寅恪十三岁留日,求学欧美诸国,历经二十四载,精通十数国语言,抱负宏大,学术视野深远。他治学的出发点首先是看到"近二十年来,国人内感民族文化之衰颓,外受世界思潮之激荡",在这种形势下,中国知识分子将何以自处?将以何种努力使中国文化摆脱衰颓之困境,而在"世界思潮之激荡"中获得新生?陈寅恪是研究两晋南北朝隋唐史的专家，他自己说："不敢观三代两汉之书，而喜读中古以降文化之史"，其原因就在于这是一个多民族文化相互吸收、启发、融合、激荡的复杂时期，而这吸收、启发、融合、激荡的结果乃是有唐一代三百年之崛兴。陈寅恪说："李唐一族之所以崛兴，盖取塞外野蛮精悍之血，注入中原文化颓废之躯，旧染既出，新机重启，扩大恢张，遂能别创空前之世局。故欲通解李唐一代三百年之全史，其民族问题为最要之关键。"从这里不难看到陈寅恪集中研究两晋南北朝隋唐史的深意。他明显地指出：要振兴民族文化的衰颓，就必须借助于外来的"野蛮精悍"的新鲜血液，而要"重启新机"，首先又必须"排除旧染"，除去不符合时代需要的旧的一切。充满生机的外来的血改造了原来的旧的躯体，注入了新的活力，使生命复苏，这才能"扩大恢张"、"别创空前之世局"。这里，外来文化与本土文化的关系是血液、活力的关系，显然不是"体用"关系所能概括的。陈寅恪的大量著作都在考察各民族文化的奔突碰撞，以及这种碰撞交汇中所产生的新的文化。虽然谈的是历史，却是认识现实的极好借鉴。

陈寅恪强调两种文化的接触绝不是简单的认同或同一。相反，这里必有差异，必有有意或无意的误读或误释。正是这种差异、误读或误译所产生的张力，互相突破原有的体系，使双方都发生改变而获得新生、重建。佛教传入中国，先是用格义方法，以中国观念解释佛教名词，"援儒入释"，然后"有华严宗圭峰大师宗密之疏《盂兰盆经》以阐扬行孝之义；作《原人论》而兼采儒道二家之说"。这就用中国文化改造了原来的佛教文化，与此同时，佛教也改造了中国的佛、道思想。陈寅恪在《谈韩愈》一文中，又进一步说明韩愈提出的"天竺为体，华夏为用"，于此以奠定后来宋代新儒学之基础。他正是以佛教的"谈心说性"改造和丰富了儒家的"诚意正心"，这才出现了宋明理学数百年兴盛的文化局面。陈寅恪指出，吸收外来文化，促进本土文化更新的过程总是通过后人对前人，亦即对原有文化的重新诠释来实现的。这种诠释往往并不一定符合作者原意，甚且不符合历史事实，因而常被"国粹家"们嗤之以鼻。但陈寅恪认为，只要这种诠释是后人根据当代意识对前人的总结和发展，那就值得肯定，其本身就是一种更新。他曾以《大乘义章》为例说："就吾人今日佛教智识论，则五时判教之说，绝无历史事实之根据。其不可信，岂待详辩，然自中国哲学方面论，凡南北朝五时四宗之说，皆中国人思想整理之一表现，亦此土自创佛教成绩之一，殆无可厚非也。尝谓世间往往有一类学说，以历史语言学论，固为谬妄，而以哲学思想论，未始非进步者。如《易》非卜筮象数之书，王辅嗣、程伊川之注传，虽与《易》之本义不符，然为一种哲学思想之书，或竟胜于哲学之训诂。"但这绝不是说可以"随一时偶然之兴会"，而必须"神游冥想，与立说之古人，处于同一境界，而对其持论不得不如是之苦心孤诣，表一种之同情，始能评其学说之是非得失，而无隔阂肤廓之论"。然而，古代哲学家去今数千年，其时代真相极难推知，今日所可依据之材料仅为当时所遗存的"残余断片",因此,一切对古人之诠释都不过是今人之意志,要靠今人"加以连贯综合之搜集及系统条理之整理,则作者有意无意之间往往依其自身所遭际之时代,所居处之环境,所熏染之学说,以推测解释古人之意志。由此之故,今日之谈古代哲学者,大抵即谈其今日自身之哲学者也"。这里所谓"所遭际之时代""所居处之环境""所熏染之学说"其实就是我们所说的当代意识。根据以上看法,陈寅恪对冯友兰的《中国哲学史》给予很高评价,认为"此书作者取西洋哲学观念以阐明紫阳之学,宜其成系统而多新解"。又说王观堂"取外来之观念与固有之材料互相参证",遂"足以转一时之风气,而示来者以轨则"。陈寅恪明确指出:凡"真能与思想上自成系统,有所创获者,必须一方面吸收输入外来之学说,一方面不忘本来民族之地位。此二种相反而适相成之态度,乃道教之真精神,新儒家之旧途径,而二千年吾民族与他民族思想接触史之所昭示者也"。

两种文化接触,当然有无法相合而遭弃绝的部分,也必有本土原无,纯由外来文化移植而产生新文化的现象。关于前者,如《莲花色尼出家因缘》,由于这个故事述及母女同嫁一夫,而此夫又系原母之子,此类情节与中国民族传统的伦理观念大相径庭,因此,"唯有隐秘闭藏,禁绝其流布"。关于后者,陈寅恪认为中国小说大抵来源与佛经神话物语,虽有长篇巨制,其内容也"往往为数种感应、冥报、传记杂糅而成"。他指出由于中国和印度诘经的方法不同,中国"必用史学考据,即实事求是之法证之",而"天竺诂经之法"虽也"广引圣凡行事……然其文大抵为神话物语"。没有印度神话物语的传入,就不会有中国小说的产生,至少不是在那个时代产生。

陈寅恪所追求的既非西方,亦非东方,而是超乎东西二元对立的,"超越时间、地域之理性",是跳动着的整个时代的脉搏。我认为一些国学论者,虽然以陈寅恪为一代宗师,为我们学习的榜样,但对他在世界文化纵横发展的脉络之中来发展中国文化的真正博大精深之处却缺乏应有的了解。

我的研究兴趣也转向了传统文化

随着对吴宓、陈寅恪的研究，我对比较文学的研究兴趣也逐渐转向了传统文化。我深深感到在不同传统文化语境的比较文学研究，特别是文学理论的研究实在是一片尚未很好开垦的处女地。但面对这样一个极其辽阔的领域，从何着手呢？我不想走当时仍较为流行的那种过于抽象、概括的路子，例如中国文化主静，西方文化主动；中国文学主内心表现，西方文学主客观再现之类。我试图从一个较小、较具体的问题谈起。我发现无论中西诗学，都常常利用镜子来讨论人和客观世界或作品和客观世界的关系，而观察点却截然不同，这种不同又多少植根于中西哲学和思维方式的不同。我于是写了一篇题为《中西诗学中的镜子隐喻》的文章，这也是我向1991年在东京召开的国际比较文学学会第十三届年会提交的论文。中西诗学都习惯于重复用镜子来说明自己的理论，这个隐喻随着时代的变化而发生十分丰富的变化。西方从柏拉图起，就把艺术家比为"旋转着一面镜子的人"，他们的工作就是用镜子照出四面八方。后来，荷马的史诗被称为"人类生活的一面美丽的镜子"，莎士比亚的戏剧也被称为"生活的镜子"。当长篇小说兴起,文艺反映的生活更其复杂时,镜子的比喻就被赋予了动态的性质。斯汤达尔说:"一部小说是一面在公路上奔驰的镜子。"卡夫卡称毕加索的艺术"是一面像'表'一样快走的镜子,记下了尚未进入我们意识范畴的变形"。接着,镜子的比喻不仅被用来反映外在世界,而且也被用来反映作者内在的心灵。歌德就曾希望自己的作品"成为我灵魂的镜子,就像我的灵魂是无所不在的上帝的镜子"。镜子的功能也不再是完全被动的,而是被赋予了某种能动性。雪莱说:"诗歌也是一面镜子,但它把被歪曲了的对象化为美。"无论是反映周围生活、反映作者主观思想感情、反映美、反映本质,西方诗学都是用镜子来比喻作品;作为镜子,首先被强调的特征是逼真,布景逼真地反映外在世界,也逼真地反映内在心灵;不仅是静态反映,也是动态反映。

镜子,在中国诗学中,也是一个贯穿始终,经常被用来说明文学艺术本质的隐喻,但用法和西方很不相同。比柏拉图早一百多年,老子就已经用了镜子这个比喻,他用镜子来比喻人心。《道德经》第十章说:"涤除玄览,能无疵乎!"高亨注说:"览、鉴古通用。玄者,形而上也;鉴者,镜也。玄鉴者,内心之光明,为形而上之镜,能照察事物,故谓之玄鉴。"老子认为人心就像镜子一样,必须洗涤除尘,免去瑕疵才能观照外物。比柏拉图晚一百年左右,庄子进一步指出:"至人用心若镜,不将不迎,应而不藏,故能胜物而不伤。"(《应帝王》)他认为人心和镜子一样,公正完美地反映周围的事物。他又说:"水静则明烛须眉,平中准,大匠取法焉。水静犹明,何况精神!圣人之心静乎!天地之鉴也!万物之镜也!"(《天道》)只有保持一颗圣人才有的明静的心,才能理解万物之情,所以说"抱大圣之心,以镜万物之情"。自从佛教传入中国,镜子的比喻又多了一层空和虚的涵义。东晋时期的僧肇认为:"夫至人虚心明照,理无不统,怀六合于胸中,而灵鉴有余;镜万有于方寸,而其神常虚。"这显然和庄子所说的"至人用心若镜"一脉相承,但他所强调的,不仅是镜子"不将不迎"的正,和"应而不藏"的真,而首先是镜子的虚。正因为镜子本身的空无一物,它才有"怀六合""镜万有"的可能。中国诗学受佛、道的影响极深,当诗论家用镜子作为隐喻时,也都是用它来比喻诗人之心,并强调其静、其正、其真。明代诗论家谢榛就说:"夫万景七情,合于登眺,若面前列群镜,无应不真。忧喜无两色,偏正唯一心;偏则得其半,正则得其全。镜犹心,光犹神也。"只有纯真、正直的诗人之心才能描绘出客观和主观的"万景七情"。不仅明静,还要虚空。王阳明说:"圣人之心如明镜,只是一个明,则随感而应,无物不照;未有以往之形尚在,未照之形先具……只怕镜不明,不怕物来不能照。"有了"以往之形"或"先具之形",镜子就成了昏镜,必须在"磨上用功""磨镜而使之明"。从诗学上来说,就是必须有像明镜一样虚和空的心境,才能写好诗。所以苏东坡强调创作之始,首先要有平静、空灵的心境,他说:"欲令诗语妙,无厌空且静。静故了群动,空故纳万境。"

综上所述,中国诗学通常不是用镜子来比喻作品,而是比喻作者的心。如果说西方诗学的镜子隐喻强调的是逼真、完全、灵动,中国诗学的镜子隐喻强调的则是空幻、平正、虚静。当然,这只是大体而言,并非绝对划分。我认为这种不同,很可能与中西思维方式的不同有关。西方传统思维方式往往强调主观与客观的二元对立,主体独立于客观世界,并为它赋形和命名,认识世界是一个对外在于主体的客观现象进行观察、分析、切割、反映和综合的过程,人要超越自身,只有依靠外在的力量,如上帝的拯救。因此,西方诗学所关心的也就是如何逼真、完全、灵动地反映这一认识和超越的过程;中国传统思维方式认为主体与客体世界原属一体,所以强调"反求诸己",强调"尽心、知性、知天",天道本来就存乎人心,穷尽人心,乃知天理,对世界的认识不假外求,而只要从内心去发掘。人要"超凡入圣"也无须从外在的力量去探求,而只要从人内在的本性去领悟。因此,最重要的是一颗空灵、虚静、澄明的心。中国诗学所强调的也就不是如何去视、听、观察和反映世界,而是"收视反听",静思以求。另外,中国古人还常常用一种负的方法来进行思考。冯友兰指出,"真正形上学有两种:一种是'正'的方法,一种是'负'的方法;'正'的方法是用逻辑分析法讲形上学;'负'的方法是讲形上学不能讲。讲形上学不能讲,亦是一种讲形上学的方法。"(《新知言》)例如画月,可用色彩、线条描绘一月,他画的月亮,就在他所画的地方;亦可画许多云彩,在云彩中留一空白,他画的月亮正在他所不曾画的地方。后一种负的方法是中国传统的一种思维模式。在古远的《道德经》中,老子就举了很多例子说明无的作用。例如说:"埏埴以为器,当其无,有器之用。"意思是说,用陶土制成饮食的器皿,真正起作用的并不是陶器本身,而是陶器所构成的空间。因此,中国传统诗学主要关注的也不是语言实体本身,而是语言所构成的各个层次的空间,所谓"不涉理路,不落言筌""不着一字,尽得风流"等思路多半是由此而来。

关于中西诗学对话的思考

写完这篇文章之后，我的思路因此延展开去。我首先感到中、西诗学各有各的体系，这两大体系是绝难"并轨"的，但也不能永远各自封闭、隔绝，总要找到某种沟通和对话的可能。

西方诗学源出于古希腊。当时诗学一词广泛应用于一般文学理论的意义，如亚里士多德名著《诗学》，就是第一次系统研究文学理论的尝试，也是用哲学方法研究文学的开始。罗马时期以来，贺拉斯的名著《诗艺》强调形式完美，比《诗学》有更大影响，诗学一词也逐渐用于狭义，着重讨论诗歌和修辞。文艺复兴之后，亚里士多德的《诗学》才又成为具有广泛影响，并经常被引用的经典。18世纪，德国"文学科学"学派已广泛地将"诗学"一词重新使用于广义的文学理论，但真正把诗学一词恢复为文学理论最一般术语的是俄国形式主义文论和后来的现代形式文论，尤其是结构主义与符号学学派。雅克慎（Roman Jacobson）在1956年发表的名作《结束语：语言学与诗学》中提出："诗学主要讨论这个问题：是什么使一个语言信息变成艺术作品？"二次世界大战以后，新批评派、法国结构主义、精神分析学、原型批评理论、文学阐释学、解构主义、符号学文学研究、西方马克思主义、女性主义文学批评等文艺思潮相继发生，虽曾引来"各领风骚五百天"之讥，但它们都在西方诗学中留下了痕迹，这些积淀构成了西方诗学的重要组成部分。

中国诗学没有和西方的"诗学"这一名词完全对应的概念，但也有自己的诗学体系和发展源流。早于亚里士多德一百多年，孔子就已提出"兴于诗，立于礼，成于乐"和"思无邪"，以及"兴""观""群""怨"等诗学观念。从文学与道德，文学与社会的关系来界定文学的意义；老子、庄子则提出"虚静""自然""心斋""坐忘""得意忘言"等观念，阐明超脱功利目的、追求绝对自由与自然合一的审美特征；佛教传入中国，以其空寂出世的教义与老庄冲淡无为的精神相结合，成为中国传统诗学的一个重要源头。魏晋南北朝是一个文学自觉的时代，诗学蓬勃发展，出现了"意象""风骨""神思""隐秀"和"声无哀乐""传神写照""迁想妙得""气韵生动"等新命题。刘勰的《文心雕龙》熔儒、释、道三家为一炉，承前启后，成为我国第一部有系统的文学理论巨著。正如鲁迅所说："东则有刘彦和之《文心》，西则有亚里士多德之《诗学》，包举洪纤，为世楷模。"《文心雕龙》之后，中国诗学论著层出不穷，逐渐形成了中国诗学的独特体系。这一体系以天人相通，与自然冥合为最高境界，以研究语言所构成而又超出于语言本身的意象空间，以及构成这种空间的不同途径和人们对于这种空间的领悟为核心；这一体系的表达，则以融合诗人对诗意的了然于心，诗论家对诗的本质的冥想，以及哲人对"超言绝象"的"天地之心"的体验为特点。中国优秀的诗话作者往往兼有诗人、诗论家和哲人三种质量，而诗话则是表达这种质量的最好形式。唐宋以来，司空图的《二十四诗品》和严羽的《沧浪诗话》极大地丰富了这一体系，而明清的王夫之和叶燮又进一步对这一体系进行了总结和提高，加上大量出现的小说理论和戏剧理论，中国传统诗学进入了自己的成熟阶段。近百年来，中国传统诗学并未得到实质性的发展，中国现代诗学的成就往往表现为对西方诗学的吸收，或以西方诗学对中国诗学理论和文学现象进行系统的整理和发掘，并以新的视角从中国传统诗学中提出许多重要而过去被忽略的因素。这无疑为中国诗学的发展提供了新的契机和基础。朱光潜、宗白华、罗根泽、钱锺书等都是在这方面作出过重要贡献的大师。但是，无可否认，中西比较诗学中的一个根本问题却始终未能得到根本解决，这就是话语问题。

要平等地沟通和理解，就必须有一种双方都能接受，而又能相互解读的话语。目前第三世界所面临的，正是多年来发达世界以其雄厚的政治、经济实力为后盾所形成的，以西方为中心，并在某种程度上已达致广泛认同的文化话语，正如英语在很大范围内，已成为流通话语一样。第三世界文化要从边缘移向中心，要进行和发达世界的对话，就必须掌握这套话语；然而，如果第三世界只用这套话语所构成的模式和规则来衡量和诠释本土文化,那么,大量最具本土特色和独创性的活的文化,就有可能因不符合这套话语的准则而被排除在外。况且,若果真如此,则第三世界与发达世界的对话仍然只是同一话语的独白,无非补充了一些异域的数据,而不是能够达致理解和沟通的对话的两种不同的声音。那么能不能用完全属于本土文化的话语来同他种文化进行对话呢?首先,文化并不等于亘古不变的文化的陈迹,不是已成之物,而是在永不停息的时间之流中,不断以当代意识对过去的文化既成之物加以新的解释,赋予新的涵义,因而是一种不断发展,永远正在形成的将成之物。先秦、两汉、盛唐、宋明和我们今天对于中国文化都会有不同的看法,都会用其当代意识对中国文化加以重新界定。从今天来说,我们的当代意识早已融合了大量西方观念,包括声、光、化、电等科学知识,社会、经济、政治的基本观点,马克思主义、苏联影响等等。要寻找一种完全纯粹、与西方全然无关的本土文化话语几乎是不可能,也是不明智的,这正是一种将自己囚禁在过期文化囚笼中的表现。况且,无视对方而封闭自己,对话也无法进行。在中西诗学的对话和沟通中,既不能全用西方话语,又不能全用本土话语,如何才能走出困境?我想途径之一可能是寻求一个双方都感兴趣的中介,一个共同存在的问题,从不同文化的角度,进行探讨。例如"什么是文学"这一诗学核心问题,无论中西都曾进行过长期探索,而又大多不外乎从文学与世界的关系、文学与作者的关系、文学与读者的关系,以及文学自身的语言特点来进行界定。

西方诗学很重视从文学与世界（包括内在世界和外在世界）的关系来界定文学。认为文学是客观世界的模仿（现实主义），是灵魂和内在世界的整体反映（浪漫主义），是心灵扭曲和存在荒诞的揭露（现代主义），是平面化、零碎化生活的散碎摄影（后现代主义）。但这只是一方面，另一方面，西方诗学也强调一种宇宙精神，如雪莱所说："诗则依据人性中若干不变方式来创造情节，这些方式也存在于创造主的心中，因为创造主之心，就是一切心灵的反映。"（《为诗辩护》）尼采则更进一步指出：诗人由于表达宇宙精神的"梦境"与"狂热"，也就"达到了和宇宙本原的统一"。（《悲剧的诞生》）从作者方面来说，西方诗学认为文学是作者为寻求灵魂净化而采取的手段，是一种发泄或求解脱。从读者方面来说，现代接受美学认为文学本身是读者经验的产物，文学作品的语义、形式、审美潜力都要在读者无限延续的阅读中重新被发现和再确认。因此，文学也是社会群体共同具有的某些观念和价值标准的体现。注重实体分析的西方诗学很强调文学是一种特殊语言形式，从希腊时代开始，亚里士多德就曾通过讨论文学语言和演说语言的不同来说明什么是文学。现代西方诗学更是认为文学就是用语言构成的一种传播模式，是表现、储存、传达美学信息的一种符号系统，这种语言经常隐含多层附加的、创新的语义，它不像一般语言只在连续的、线性的系列中呈现其意义，而是在断裂、不连续或并置中取得特殊效果。同时，这种语言结构的意义和词义又必须在与其他大量文本的参证互照中才能得以圆满实现。

中国诗学大体也是沿着以上几方面的思路来界定文学的，虽然其着重点和具体内容并不相同，中国传统诗学认为文学是人与世界的沟通，所谓"诗为天人之合"。外在的一切，如"天人之际，新故之迹，荣落之观，流止之机，欣厌之色"若与内在的人心"相值而相取"，即成为诗。（王夫之《诗广传》）诗通过与天相通的人，显示着宇宙的精华，所以说："诗者，天地之心。"（《诗纬》）从作者方面来说，中国传统诗学很早就提出诗是诗人内心情志的抒发，如说"诗言志""情动于中而形于言，是为诗"等。所谓"诗可以怨""怨毒著书"等，也是说明文学是郁积于心的不满和怨愤的发泄。从读者方面来说，中国诗论提出诗与非诗的区别，就在于作品能不能对读者产生一种感发作用。王夫之说："诗言志，歌咏言，非志即为诗，言即为歌也。或可以兴，或不可以兴，其枢机在此。"（《姜斋诗话》）也就是说，诗歌是否成其为诗歌，就看它是否能引发读者广泛的联想，以至灵魂的震动（感兴）；他还强调作品的意蕴和价值的实现与读者的接受直接有关，如说："作者以一致之思，读者各以其情而自得。"（同上）至于用语言的特殊性来界定文学，中国诗学也有很长的历史。《典论·论文》最早提出"诗赋欲丽"，陆机《文赋》提出"诗缘情而绮靡"，梁元帝萧绎的《金楼子·立言篇》强调"文者，唯须绮縠纷披，宫征靡曼，唇吻遒会"等，都是以语言的特殊性来回答什么是文学的问题。刘勰进一步明确地指出：历史著作往往以"实录无隐之旨,博雅弘辩之才"为上,而文学作品却必须"义生言外",能显出"文外之重旨""秘响旁通"的作用,才能称上品。他特别写《隐秀》一章来讨论"情在辞外""义生言外"等问题。中国诗论的主要形式是诗话,诗话的特点是"以诗论诗",在大量典故与其他文本的注释和参照中来进行诗的解读。明、清小说评点家更是对小说语言和结构进行了细致入微的研究。他们都是把文学看作一种具有语言特殊设计的艺术。

综上所述,可以看出中西诗学关于"什么是文学"这一问题的探讨,虽然侧重点、具体内容和表述方式都不尽相同,但思路却大体一致,都是从作家、读者、外在世界、语言本身等几个方面来回答。我想,这种对于共同问题的不同侧面的探讨,正是中西诗学对话的出发点。其他如"言、意:语言和意义""载道与缘情:造福社会与自我抒发""物、我:主体与客体""形、神:形式与内容""虚、实:真实与虚构""正、变:继承与革新"等等,都可以作为中西诗学对话的中介。当然,有些范畴并不完全对应,如形、神与西方讲的形式与内容,就不完全对应,但这并不妨碍比较诗学就这一范围进行不同层次的探讨。总之,中西诗学对话的共同话题是十分广泛的。

我认为这样的对话有几个特点:首先,对话双方都是从历史出发,并不以某一方的概念、范畴、系统来分割、截取另一方,同时,双方也都是以对方为参照系,来重新认识和整理自己的历史;在这一重整的过程中,既能发现共同规律,又能发现各自文化的差异，并使这种差异为双方所利用，以促成其发展。其次，由于对话引入了时间轴，而不只是并时性的平面比照，中西诗学对话就有了历史的深度。五四以来，历经数百年发展的西方诗学在几十年内，同时涌入中国，以致每一种思潮都很难在中国舒展、深化，各种思潮尚未被充分理解，转瞬即已过时。这种情况在中国就不能不产生两种倾向：一种是对这些"各领风骚五百天"的西方文艺思潮不屑一顾，另一种是忙于追赶，唯新是务。中西诗学对话全面开放了中西诗学的历史。对话可以沿着时间轴前后移动，既不受新旧观念的时间限制，也不受东西疆域的空间限制。只要有可契合之处，就可以超越时空，互相诘难和探讨。1920年代初，当以美国诗人惠特曼为代表的自由体诗歌在中国风靡一时，滋养了郭沫若等一代浪漫诗人之际，一千多年前的中国古诗却为美国的新诗运动提供了新的契机。新诗运动中最有影响的诗人庞德指出，"中国诗是一个宝库，今后一个世纪，将从中寻找推动力，正如文艺复兴从希腊那里寻找推动力"。（转引自赵毅衡《远游的诗人》）1930年代，当从西方移植的话剧形式在曹禺等人的努力下，发展到高峰时，德国戏剧大师布莱希特却受到中国古代戏曲的影响，写出《论中国人的传统戏剧》《中国戏剧表演艺术陌生化效果》等重要论文，在很大程度上改变了欧洲戏剧发展的方向。其他如18世纪法国的中国热，20世纪初，美国人文主义对中国儒家的认同等都是好例。当然，对话是一个复杂概念，它包含多层面的内容和多元化的理解。平等对话并不排斥有时以某方体系为主，对某种理论进行整合，也不排斥异途同归，从不同文化体系管窥蠡测的意见互换；对话中也可能有一方提出某种设想，以便展开讨论。只要能成为一种富于启发性，而双方都觉得有话可谈的话题，由谁提出，并不重要。狭隘、虚假的妄自尊大、唯我中心，无论出自何方，都是平等对话的大敌。这样，将一百年来中国学术界所进行的"东西之争"和"古今之辩"合为一体，这就是鲁迅所梦想的"外之既不后于世界思潮，内之仍不失固有之血脉，取今复古，别立新宗"。

第一部《世界诗学大辞典》

我认为当代诗学进一步发展所面临的任务,就是如何总结世界各民族文化长期积累的理论和经验,在各文化体系诗学的平等对话中,从不同角度来解决人类在文学领域内所面临的共同问题。通过这种对话,在各民族诗学交流、接近、论辩和汇合的过程中,无疑将熔铸出一批新概念、新范畴和新命题。这些新的概念、范畴和命题不仅将在东西融合、古今贯通的基础上,使诗学作为一门理论科学进入真正世界现代性的新阶段,而且各民族诗学的真面目、真价值和真精神也会在这一互相参照的过程中得到进一步显示和理解。

基于以上思考,我特别感到有必要首先把各大文化体系中的主要诗学概念汇集起来,这将是比较诗学最基础的工作。中国诗学、阿拉伯诗学、印度诗学、欧美诗学号称世界大诗学体系,但所有以"世界诗学"为名的论著都几乎从未涵盖过这四个不同体系的诗学。于是,我们决定作一次汇通古今中外诗学术语概念的尝试。1993年,北京大学比较文学研究所、北京大学古典文学教研室和美学教研室,以及社会科学院外国文学研究所的部分研究人员决定合力编写的第一部《世界诗学大辞典》终于面世（春风文艺出版社出版）。这部辞典一百八十余万字，收词条近三千，包括中国、印度、阿拉伯、欧美、日本五大地区，每一地区又分为：一般美学、文学概念、创作方法与形式技巧、文体、文论流派、主要文论家、主要文论著作六大部分。写作中，除照顾到世界各大体系外，还特别关注古典诗学与现代诗学的贯通：一方面容纳了大量传统诗学、文体学、文学修辞学的内容；另一方面又力求充分反映现代哲学、语言学、符号学、美学等理论相通的现代诗学的最新成果，希望能通过不同体系的诗学术语概念的汇通和比较，达到互相映照，互相生发的目的。例如在对欧美地区的一些现代诗学术语进行诠释时，往往引出中国诗学中一些类似的概念进行比照，并引证了中国文学作品中的一些实例。这部辞典虽然还不能完全达到我们所期望的，但"虽不能至而心向往之"，这毕竟是一个有希望的开始。目前，我们正在努力将这部辞典的中国诗学条目译成英文和法文，希望中国诗学能进一步为世界所了解，并在翻译过程中进一步探讨中西诗学对话的问题。

文化转型与文化差异

我们有幸生活在一个世纪转折时期,也是一个大规模世界性的文化转型时期。活着的文化总是通过认同和离异两种作用来发展:认同表现为对主流文化的维护和阐释,即在一定范围内向纵深发展,对既成模式进一步开掘并使其巩固,同时表现为对异己力量的排斥和压抑,其作用在于保护主流文化已经确立的种种界限和规范,使之得以发扬和凝聚。离异则表现为批判和扬弃,即在一定时期内对主流文化否定和怀疑,打乱现成规范和界限,使被排斥的得以相容,把被压抑的能量释放出来,因而形成对主流文化的否定,甚至颠覆。这种离异占主导作用的阶段,就是文化转型时期。在这种时期,文化发展往往产生明显危机并出现急剧的重组与更新,如西方的文艺复兴、中国的魏晋南北朝时期。人们要求"变古乱常""六经注我",横向开拓成为这时文化发展的主流。所谓横向开拓,也就是一种文化外求。外求的方向大致有三:第一是外求于他种文化,如文艺复兴时期西欧对希腊文化的借助;汉唐时期汉文化对印度和希腊文化的吸收。这种原来的边缘文化对原来的中心文化的拯救和革新作用在历史上屡见不鲜;第二是外求于同一文化体系内部原来被排斥、被压抑的亚文化、反文化、少数民族文化等。中国文学凡有重大更新,必得力于"不能登大雅之堂"的俗文化,已是不争的事实。第三是外求于他种学科。哥白尼地动说对于中世纪政治社会体制的根本动摇,以及随之而来的人文科学的诞生,进化论与弗洛伊德对文学观念的刷新,都能很好说明这一问题。

目前,人类已进入前所未有的信息时代,特别是相对论提供的方法论使人们认识到,一切体系和中心无非都是在宇宙无限的时间之流中按照人类现有的认识能力而截取的细部。例如关于原子微观世界的系统解释,虽然是经过了若干实验验证了的客观事实,但这些实验都是在一定的时空中由人类大脑的主观认识能力设计出来的,与人类尚无法设计出任何实验加以验证的未知领域相比,实在是微乎其微。正如人们用一根蜡烛照亮了有限的时空,却无法证实未照亮的时空一定和已照亮的时空中类似。加以语言发展进一步使人们认识到任何理论体系都只不过是语言的架构,并不等于客观事物本身,现实与现实被表述的模样并不一定吻合,因为"表述首先必嵌陷在表述者的语言之中,然后又嵌陷在所处的文化、制度和政治环境之中,于是,一切'表述'都可以看作一种'知者'对被告知者实行的思想支配"。(赛义德《东方主义》)以上这些事实促使发达世界文化自我中心无可避免地解体,这就为世界各种文化的多元发展提供了前提。过去西方总是以自己为核心来了解他种文化,并把西方走向现代的经验普遍化为各种社会、各种文化走向现代的必由之路。他们很少了解，也不重视他种民族对他们的看法，也很少有机会从外界、从他种的比照中来认识自己，以至往往被囚禁在自己文化的牢笼中而不自觉。上述稳定体系与中心化主体的消解，使人们漂浮于现实而无法确认自己。因此，必须寻求一个参照系以便能在比照中建立坐标，看到自己的面目，也就是要寻求一个他者，在他性的参照下重新发现自己。西方文化的最大参照系就是东方文化。在与这个他者的比照中，西方文化将反省自己，重新选择方向，并改写自己的历史。

我猜想正是在这种潮流的推动下，1987年，在法国成立了欧洲跨文化研究院。这是一个由欧共体支持的跨国文化团体。他们"以文化的双向认识为基本目标"，他们引以为自豪的宗旨是"开天辟地第一回，欧洲准备倾听我们星球上各种不同文化的声音，以便弄懂如何能相互理解"。他们建立的通讯网络包括意大利、西班牙、比利时、法国、中国和非洲的一些大学。几年来他们已完成了一些很有意义的项目，如邀请中国和非洲学者对意大利的波伦尼亚市进行一年考察，主题为"来自远方的目光"，1991年，他们与中国学者在广州联合召开了题为"双向认知的战略"的大型国际讨论会。1992年，他们又举办了"欧洲的文化行为与自然科学：一个中国人类学家对欧洲五个生物研究所的科研人员的不同文化行为的研究"。1993年，欧洲跨文化研究院又与北京大学比较文学研究所联合召开了"独角兽与龙——在寻找中西文化普遍性中的误读"国际讨论会。所谓误读,是指人们与他种文化接触时,很难摆脱自身的文化传统、思维方式,往往只能按照自己的模式来了解别人。参加这次会议的,有来自欧洲各国的人类学家、语文学家、生物学家、文化学家。这次会议开得别开生面,会议不念论文,而是事先阅读论文后,在会上讨论,有时争论很热烈。

我讲的题目是"文化差异与文化误读"。我认为文化差异是始终存在的,历史上对待这种差异性,有三种不同的态度:第一种是对凡与自己不同的文化,一概斥为异端,或称为不开化的野人,或称为类同禽兽的蛮夷;第二种是承认其价值,但只是作为珍稀的收藏,猎奇的点缀,或某种可供研究的历史遗迹,实际上是排除其在现实生活中的作用,抽空其生命,崇拜其空壳;第三种态度是一种文化相对主义的态度。他们强调将实物置于其自身的文化语境中去观照,赞赏不同文化的多元共存,反对用产生于某一文化体系的价值观念去评判另一文化体系,承认一切文化无论多么特殊都自有其合理性和存在价值,因而应受到尊重,主张将精神和物质都放到其所由产生的文化语境中去进行观照。这种文化相对主义的态度当然远比前两种态度来得宽容、合理。但再进一步追问:在众声喧哗的多元文化中,是否会体现出某种共同规律,某种理性一元性,或共同是非标准呢?在即将到来的21世纪,不同文化是逐渐趋同(如西欧各国),还是愈加强调差异而相互疏离(如苏联和东欧各国)呢?人类有没有可能超越民族中心主义，有没有可能超越自身传统的本土文化，到达另一更高境界，或者说，一种文化内部各个集团之间的文化差异是不是可能比不同文化之间的差异更为突出呢？比方说，同一文化内部的精英文化与大众文化实际很难沟通，而不同文化中的大众文化倒是较易于相互理解。这些都是文化相对主义不能不面对的问题。但是，无论如何，文化差异总是现阶段普遍存在的现实，正是这些差异赋予了人类文化以多样性；由于差异的存在，各个文化体系之间才有可能相互吸收、借鉴，并在相互参照中进一步发现自己。关于文化间的异的研究一直是一个很吸引人的题目。18世纪时，异只是指遥远的异国他乡，即远离本土的陌生空间，充满了神秘的异乡情调。随着通讯交通的发达这种异域越来越缩小，只有极少数地区还具有神秘的吸引力。在歌德和艾德曼的谈话中，他已强调中国人和德国人一样，同是人类，对他来说，中国已不是什么神秘的异国，而是一种隐喻，如他所创造的"中国花园"，寄托着他的理想的乌托邦。到了现代社会，作为乌托邦的异的功能也逐渐缩小，人们开始切切实实地理解不同文化的差异性，将异文化作为帮助自己、发现自己的他者。只有从外部，从另一种文化的陌生角度来观察自己，才能重新认识过去习以为常的事，看到许多从内部无法看到的东西。

由于文化的差异性，人们接触他种文化时，就不大可能完全摆脱自身一贯的文化传统、思维方式，去正确解读他种文化，就必然产生误读。也就是说，他原有的视域决定他的不见和洞见，决定了他将对另一种文化如何选择、如何切割后，又决定他如何对其认知和解释。因此不可能要求外来者像本地人那样地道地解读本土文化，反之亦然；更不能把一切误读都斥为不懂和歪曲。事实上，误读往往在文化发展中起着很好的推动作用，如鲁迅、茅盾在五四时期对西方思想家尼采、罗素等都不无误读之处，但却推动了文化发展；同时，文化误读也会造成消极后果，20年代初，梁启超曾到欧洲游学，亲自体察了欧洲文化现状，回来后写了一本《欧游心影录》，宣称西方已濒临精神危机，朝不保夕，必须以中国的"精神文明"去拯救西方的"物质疲惫"，结果并未拯救了别人，倒是国内掀起了崇拜国粹、热心复古的浪潮，延缓了中国文化现代化的进程。当然，这种保守主义的复兴也在某种程度上，与激进派形成张力，成为后来文化发展的契机。

总之，文化之间的误读难于避免，无论是主体文化从客体文化中发现新义，还是主体文化以客体文化为参照反观自己，都很难不包括误读的成分。而从历史发展来看，误读又常是促进双方文化发展的契机。恒守同一的解释，其结果必然是僵化和封闭。我所理解的文化误读既包含读者对不同文化的深入研究，也不排斥因异域陌生观念而触发的灵机一动，关键全在读者的创造性发现。当然，这并不能成为对他种文化浮光掠影，不求甚解的借口；如果没有对他种文化的深入理解和刻苦学习，没有对文化知识的深厚积累，所谓灵机一动也是很难出现的。何况不同文化的交往已有数千年历史,开辟新的矿藏,需要更深、更艰苦的发掘,如果尚未认真地读,那就谈不上误读。我认为,由于全球信息社会的来临,各种文化体系的接触日益频繁;由于西方发达世界进入后工业社会,在精神方面的自省,并急于寻求文化参照系以发现新路和反观自身;也由于东方社会的急剧发展,逐渐摆脱过去的边缘从属地位,急于更新自己的思想文化,特别是在现代语境中,重新发现自己,东西方文化交往将在21世纪进入一个繁荣的新阶段。在这种复杂而频繁的交往中,如何对待文化差异和文化误读的问题将是一个会引起更大关注和值得进行深入讨论的重要问题。

结　语

　　回首往事，生命竟然已逝去整整一个甲子！我的生活充满了跌宕起伏，无论好事坏事全都来得出人意料，完全无法控制；大事如此，小事亦然。一点点是非之心，一丝丝对真理（我自以为是真理）的热望，往往会莫名其妙地形成轩然大波，突然主宰了我的生活。就拿而今眼目下发生的一件小事来说，恐怕也难逃出这一常轨：中国文化书院1989年以来，由于说不清的原因，始终未获准重新注册，经过了极其复杂的申诉、操作程序，总算于去年得以在中国民政部正式登记，拿到了各种执照，成为国家承认的一级民间社团。大家兴高采烈之余，决定要为弘扬中国文化作一点真有影响的事，于是筹划于今年5月与福建的几个学术机构联手在厦门召开一次"东亚地区经济与文化互动"国际学术讨论会。一年的化缘筹款、组织论文、对外联系、层层报批、上下打点，时间、精力、钱财的花费都不必说了。令人高兴的是这一倡议引起了广泛的反响：四通公司湖南分公司的负责人拟在会上提出儒商的问题，并与一些台湾的企业家和学者取得联系，想探讨一下组织儒商集团的可能性；美国夏威夷大学哲学系的著名教授将在会上报告他对用《周易》精神实现工商管理的设想；欧共体支持的欧洲跨文化研究院院长决定亲自到会，考察欧洲企业与中国经济合作中的文化问题；一个重要日本财团的代表们也将亲临讨论东方管理学的实施情形……中外著名学者和企业家报名参加的不下五十余人。许多外宾早已安排了时间、买了机票、办了签证，只等5月7日开会。哪里想得到4月下旬，经有关方面明确批准后，刚发出有关会议细节的第四次通知，突然接到福建方面一个电话，说是这次会议不能开，不准开！没有解释，没有原因，甚至也没有一纸公文，更没有商量余地！一年辛苦就此付诸东流！中国文化书院多年高长者，他们可以不露声色地忍住满腔不平，我却一如往昔，火冒三丈，立刻为文化书院起草了一封抗议信，质问这次会议究竟犯了什么罪？究竟何所据而批准于前，不准开于后？如此出尔反尔，将何以取信于民？我还谈到如何保障宪法规定的公民权利，如何顾及国际影响和国内外舆论等等。我的朋友对我嗤之以鼻，讥我为"星外来客"，责我竟然要去螳臂挡车！并以一个看穿一切者的姿态，预言我"活该又要倒霉"。

我已经倒霉多次，再倒霉一次倒也无所谓，但也不免满心悲凉。不能不又想起鲁迅笔下的那只坏孩子手中的蜻蜓，特别是那只被什么来一激，就飞起来，绕一圈又飞回原处的苍蝇！六十年过去了，六十年一个甲子。按中国的说法，一个甲子一循环，我似乎还有可能返老还童，从头开始。然而，即便一切再来一次，在所有关键时刻，我会作别的选择吗？我会走相反的方向吗？我会变成另一个人吗？我想不会，所谓"江山易改，本性难移"。总而言之，我就是我，我还是我！历史无悔！这历史属于我自己。

写完于 1994 年 5 月 2 日

父亲于二十天前辞世